EVEREST

1565

HASAN ALİ TOPTAŞ

1958'de, Denizli'de dünyaya gelen Toptaş, 1987'de *Bir Gülüşün Kimliği* ve 1990'da *Yoklar Fısıltısı* ile öykülerini kitaplaştırdı. Şiirsel metinlerden oluşan *Yalnızlıklar* (1993) yurtiçinde ve yurtdışında tiyatroya uyarlandı, yıllarca sahnelendi. *Ölü Zaman Gezginleri* öykü dosyası Çankaya Belediyesi ile *Damar* edebiyat dergisinin ortak düzenlediği yarışmada, 1992 yılında birinciliği aldı. 1993'te yayımlanan *Ölü Zaman Gezginleri*, 2001'den sonra seçme öykülerinin toplandığı kitabın adı oldu. Yine 1993'te, *Sonsuzluğa Nokta* adlı roman dosyasıyla Kültür Bakanlığı'nın düzenlediği yarışmada mansiyon ödülüne layık görüldü. Ardından, 1994'te *Gölgesizler* (1995) dosyasıyla Yunus Nadi Roman Ödülü'nü aldı. 1996'da *Kayıp Hayaller Kitabı*, 1997'de *Ben Bir Gürgen Dalıyım* yayımlandı. 1999'da *Bin Hüzünlü Haz* (1998) Cevdet Kudret Edebiyat Ödülü'yle, 2005'te *Uykuların Doğusu* Orhan Kemal Roman Armağanı'yla, 2013'te *Heba* Sedat Simavi Edebiyat Ödülü'yle buluştu. Kaleme aldığı denemelerini, 2007'de *Harfler ve Notalar*'da bir araya getirdi. 2009'da *Gölgesizler*, Ümit Ünal imzasıyla sinemaya uyarlandı, 2018'de Kürtçe'ye çevrildi. Toptaş ile yapılan söyleşiler, *Başlarken Yalnızsın, Bitirdiğinde Daha da Yalnız* adıyla 2014'te kitaplaştı. *Ölü Zaman Gezginleri*'ne dâhil olmayan öyküleri, *Geçmiş Şimdi Gelecek*'te (2016) bir araya geldi. Son romanı *Kuşlar Yasına Gider* 2016'da, yeni öykülerinin yer aldığı *Gecenin Gecesi* 2017'de yayımlandı. Kitapları bugüne kadar ABD, İngiltere, Almanya, Fransa, İtalya, Hollanda, Finlandiya, İsveç, Irak ve Güney Kore'de yayımlandı.

HASAN ALİ TOPTAŞ

ÖLÜ ZAMAN GEZGİNLERİ

Yayın No **1565**
Türkçe Edebiyat **595**

Ölü Zaman Gezginleri
Hasan Ali Toptaş

Editör: Mesut Varlık
Kapak fotoğrafı: Nuri Bilge Ceylan, "Banliyö Treni"
Kapak tasarımı: Füsun Turcan Elmasoğlu
Sayfa tasarımı: Veysel Demirel

1. Basım: Ekim 2016
2. Basım: Aralık 2016
3-4. Basım: Şubat 2017
5-6. Basım: Temmuz 2017
7-8. Basım: Aralık 2017
9-10. Basım: Haziran 2018
11-12. Basım: Mart 2019

ISBN: 978 - 605 - 185 - 042 - 9
Sertifika No: 10905

Baskı ve Cilt: Melisa Matbaacılık
Matbaa Sertifika No: 12088
Çiftehavuzlar Yolu Acar Sanayi Sitesi No: 8
Bayrampaşa/İstanbul
Tel: (0212) 674 97 23 Faks: (0212) 674 97 29

EVEREST YAYINLARI
Ticarethane Sokak No: 15 Cağaloğlu/İSTANBUL
Tel: (0212) 513 34 20-21 Faks: (0212) 512 33 76
e-posta: info@everestyayinlari.com
www.everestyayinlari.com
www.twitter.com/everestkitap
www.facebook.com/everestyayinlari
www.instagram.com/everestyayinlari

Everest, Alfa Yayınları'nın tescilli markasıdır.

İÇİNDEKİLER

Ölü Zaman Gezginleri

Yoklar Fısıltısı

Ölü Zaman Gezginleri

Balkon

Bir kuşluk vakti, balkonda oturuyorduk. Sen maviler giymiştin, omuzlarından dökülen saçların usul usul uçuşuyordu. Yüzüme bakıyordun ikide bir, derime sinen geldiğim yeri arıyordun belki; ellerimin nasıl el olduğunu, kirpiklerimin nereye doğru kıvrıldığını öğrenmek istiyordun.

Bense, büyümelerinden korkarak gözlerimi kapatmıştım. Büyürlerse onlarla birlikte ben de büyüyecektim sanki. Sonra da, dedelerimden kalan kelepçe ürpertisi bileklerimde ışıldamaya başlayacak, ruhuma karışan zincirlenmiş köpek ruhu zincir şakırtılarını işittikçe vahşîleşecek, çobansı yanımdan yanık kaval sesleri yükselecek, ninemin erkek gölgesinde kuraklaşan gözleri gelip gözlerimden dışarı bakacak ve sesime yüreğimdeki bozkırın sessizliği karışacaktı.

O gün, Tanrı'nın kendine sorduğu en zor bilmeceydin sen ve ben, çözmek bana düşmüş gibi sevinçliydim. Çekirdek çıtırtılarıyla kırmızı iğde kabukları arasında kaybolamayacak kadar güzel ellerin vardı, parmakların her yana dağılan sorulardı ve küçük değişikliklerle süslenemeyecek kadar büyüktün.

Piknik tüpünün üstündeki çaydanlık fısıl fısıl kaynamaya başladığında, caddeden tank homurtularıyla trompet sesleri geliyordu. Hatırlarsın, davul gümbürtülerini işitmiştik daha sonra; göğüs kafesimizin altında bir yerler zangırdarken, Egeli zeybeklerin hayata meydan okuyan geniş figürlerini düşlemiştik. Ardından da, seslerle birlikte pul pul cadde görüntüleri uçuşmuştu üstümüze, kulaklarımıza doluşarak caddeyi gözkapaklarımızın içinden geçirmişlerdi. Pencerelerde, balkonlarda ve teraslarda olup bitenleri izleyen ve renkleri sık sık değişip dalgalanan insan salkımları vardı o sırada. Bando takımının arkasından, kuyruklarına kırmızı kurdele bağlanan, yeleleri boncuklu atlar yürüyordu. İri gözleri ufuksuzdu hepsinin, üşengeçtiler ve tarih kitaplarından şahlanarak çocukluğumuzu alıp cepheden cepheye gezdiren o anlı şanlı atlara hiç benzemiyorlardı. Sırtlarında, madalyalarının ağırlığından mı, yoksa hatıralarının yorgunluğundan mı ikiye büküldükleri anlaşılamayan ak sakallı gaziler oturuyordu. Yinelene yinelene gevşeyen selamlama biçimleri, barut kokusunu unutan kalpakları ve karıncalanmış mavzerleriyle birlikte bu gaziler öylesine cansız bir tören havası yaratmışlardı ki, neredeyse kafalardaki "Kuvvayı Milliye" imgesini silip süpüreceklerdi.

Gözlerimi açtığımda, sen dizlerimin dibinde karmakarışık bir bilmeceydin hâlâ ve hiç kuşkusuz, kendi güzelliğinin içinde yüzüyordun. Aşağıdaki trompet sesleri bir masal uzaklığının gerisine çekilmişti artık; tanklar öldürme, kurtulma, sevme ve ezilme duygularının üzerinden geçmiş, sonra vergi memuruyla polis korkusu yüzünden daralan matbaa kapılarına doğru yürümüş, sonra da kurşun harflerin kanına karışarak kitap sayfalarına girmişlerdi. Gene de, geçtikleri caddenin vitrinlerinde temizlikçi çocukların silemeyeceği görüntü artıkları bırakmışlardı. O görüntü artıklarının gölgesinde dikilecekti artık gömlekler, kunduracıların alnı o görüntülerin gölgesinde daha hızlı kırışacak, oymacıların benzi daha derin solacak ve berberlerin elleri zamanından önce titremeye başlayacaktı. Belki, o günden sonra söylenecek her şarkıda birkaç notanın tadını kaçıracaktı gökyüzüne asılıp kalan tank homurtuları. Paletlerin dönüşü, mimarların merdiven çizimlerine bulaşacaktı.

Çayımız demlenmiş ve sen bardakları doldurmaya başlamıştın. Uçuşan buharlar ellerini örtmüştü. O sırada, ötüşlerinin yarısını balkonumuza, yarısını tankların üstüne döken kuşlar geçiyordu çay tepsisinin ışıltılı gümüşünden. Çevredeki apartmanlara, caddelere, ellere ve omuzlara yağan, kamyonların kasalarını, kapaksız mataraları, trompetlerin ağzını ve tüfek namlularını dolduran gökyüzü, her şeyi kucaklamaktan masmavi kesilmişti.

Balkondaki birlikteliğimiz ayrılığı besliyordu hiç kuşkusuz ve biz susuyorduk. Dalıp gitmeler, birbirimize doğru eriyip akarcasına gülümsemeler, kirpik düşürüp kaş kaldırmalar sözlerden daha anlamlıydı. Kuralsız bir tapınışı sürdürüyorduk belki; çağlar öncesiyle iletişimini koparmamış birkaç hücremizin ilkel sarhoşluğuna kapılmıştık. Mevlevîler gibi dönüyorduk ya da; hem de öyle hızlı dönüyorduk ki, üçüncü bir göz baksa, durduğumuzu sanabilirdi. Kim bilir, istesek, zamanın dışına bile çıkabilirdik seninle; çünkü zaman tank paletlerine dolanmıştı o sırada, gazilerin göz çukurlarına birikmiş, balkonlardan sarkan kızların meme uçlarında pembeleşmiş, kaldırımlarda alkış tutanların karın gurultusuna dönüşmüştü. Belki de, atış menzilinin ötesinde düşler kuran ve arkadaşlarıyla değil de düşleriyle birlikte yürüyen trompetçi bir askerin kirpik kırpımıydı zaman. O bunu bilmiyordu ama, et ve kemikti kendi gözünde; bozkırlara dönecekti bir gün, kulaklarını ot çıtırtılarıyla köpek havlamalarına yaslayacak ve belki de trompetini özleyecekti. Özleyince de, onun yerine başka şeyleri sevecekti neden sevdiğini bilmeden. Horozların ötüşünü sözgelimi, atların kişneyişini, ya da rüzgârların uğultusunu...

Çaylarımızı içmiş miydik o gün, bilmiyorum. Ben birkaç dakika, birkaç saat, birkaç gün ya da birkaç yıl sonra ayağa kalkmıştım. Gidiyordum. İçimde, bir bilmeceyi çözememiş olmanın sıkıntısı vardı. Balkondan salona, salondan antreye, kapıya ve merdivene yürüdüğümü hatırlayamıyorum şimdi. Yürümemişimdir belki, balkondan tek başıma, tıpkı bir kuş gibi uçup gitmişimdir. Göğün mavisine dönüşe dönüşe gözden yiterken, sen bakmışsındır arkamdan. Kim bilir, yokluğumla düşsel bir boyut kazanan çay bardağımı alıp tepsiye koyarken, belki nereye gitmiş olabileceğimi de düşünmüşsündür.

Ama, yalnızca balkondan değil, motor gürültüleriyle sağır, para hırsıyla kör, teknolojisiyle dilsiz olan ve kurtuluş törenlerine tutsak edilen o şehirden de gittim ben. Trompetçi askeri hatırlıyor musun? İşte onun düşlerindeyim şimdi. Uçsuz bucaksız bozkırlarda. Kulaklarımda çınlayan tank homurtularını, dudaklarımı yoklayan trompet ürpertilerini, adımlarıma sinen postalların ağırlığını ve bakışlarımı bulandıran mektupsuzluğu buralarda zaman zaman herkese anlatıyorum ama, o kuşluk vaktinden ve senden hiç söz etmiyorum. Gene de, içtiğim çaylara şeker diye kimi zaman bir çift balon attığım oluyor.

Bir kuşluk vakti'ne gelince; o, odama astığım fotoğrafta öylece duruyor. En önde tank sürüsü var gene; gıcırdayan paletleri ve şahlanmış erkeklik organına benzeyen namlularıyla, fotoğrafa bakan herkesin üstüne doğru yürüyorlar. Tankların arkasında bando takımı var. Giysileri yıldan yıla soldu biraz. Bir zamanlar şehrin altını üstüne getiren sesleri de, artık kulak kepçelerimi bile dolduramıyor. Onların gerisinden atlar geliyor. Sırtlarında kimsecikler yok. Ak sakallı gaziler öldü çünkü; radyolardan ve televizyonlardan isimleri okundukça tek tek indiler atlarından, titreyerek fotoğrafın kenarına doğru yürüdüler, kalpaklarına sinen alkış seslerini ellerinin tersiyle silktiler ve kayboldular. Bundan sonraki törenlerde, sanıyorum artık herkes başıboş yürüyen atlara bakarak onların sırtına düşsel gaziler oturtmak zorunda.

Tankların, bando takımının ve atların arkasındaki apartmanların hepsi yerli yerinde duruyor fotoğrafta; değişen yalnızca sahipleri ve renkleri. Dedelerine, babalarına ve annelerine benzeyen insanlar sarkıyor pencerelerden.

Balkonlardan da öyle.

O balkonlardan birinde sen varsın. Caddedeki bağırsak gurultusunu boğan ve giderek alışkanlığa dönüşen alkışlara aldırmadan, hâlâ çay dolduruyorsun bardaklara. Uçuşan buharlar ellerini silmiş zamanın gözlerinden.

Bense, bando takımının ikinci sırasında, gözlerimi sana dikmiş, trompet üflüyorum.

Zaman Kimi Zaman

Kendi kendime, zaman hep geleceğe mi akar diye sorup durduğum günlerde, iki yanı birahanelerle dolu bir sokakta birdenbire burnumuzun dibinde biten kıpkızıl gözlere, titrek adımlara, ya da alkolün bozup dağıttığı bulanık omuzlara çarpmamak için zikzaklar çize çize yürüyorduk. Nurhan anlattıkça hatırlıyorum şimdi; yerler ıslaktı o gün, havada insanları birbirine yaklaştıran, bira kokulu, incecik bir serinlik vardı. Hatta, Füsun, koltuğunda taşıdığı ceketi omuzlarına atarken hafifçe titremişti. Sonra, masaların sandalyelerin ve pelteleşmiş insan yüzlerinin arasından geçerek hep birlikte Dostlar'a girmiştik.

Yan masadakilerin kaçamak bakışlarıyla siyah giysili garsonların yapmacık gülümseyişlerinden oluşan kısacık bir törenin ardından, yol boyunca trafik lambalarıyla bölünen söyleşimiz yeniden başlamıştı. Fuat, bir yandan birasını yudumluyor, bir yandan da üst dudağından fışkırıp bütün yüzüne dağılan dikensi bıyıklarını oynatarak, sakin bir sesle, insanî sözcüğünün yanlış kullanıldığını söylüyordu. Ona göre, bu sözcük insana özgü ne varsa ve daha neler olabilecekse hepsini kapsıyordu çünkü. Başka bir deyişle, Hitler'in fırınlarından Saddam'ın davranışlarına, Bush'un planlarından Füsun'un düşlerine kadar her şey insanîydi. Bu insanların yaptıkları kendilerinin birer uzantısıydı aslında. Bu nedenle de, insanlığın birer uzantısıydı. Dahası, Fuat, ayak altında yuvarlanan küçücük bir çakıl taşının bile bizim dokunuşumuzla insanîleştiğini düşünüyordu. Ona göre, öyle değil miydi, bir çakıltaşına bakmakla biz biraz kendi dışımıza çıkmış ve varıp sessizce onun varlığına sızmış olmuyor muyduk? Ya da, herhangi bir nesne, bizim gözlerimizle algılanmakla biraz da bize dönüşmüş olmuyor muydu? Öyleyse, insanın insanî diyemeyeceği hiçbir şey yoktu yeryüzünde. Var mıydı?

"Bilmiyorum," demişti Füsun birasını yudumlarken.

Nurhan anlattıkça hatırlıyorum şimdi; bir ara, onca gürültünün patırtının içinde, ne kadar sürdüğünü bilemediğimiz derin bir sessizlik yaşamıştık. Nurhan'a göre, epeyce uzun sürmüştü bu sessizlik, oysa ben her şey gibi bu konudan da emin değilim. Hatta onun, "Evet, dördümüz de susmuştuk," deyişine de katılmıyorum. Belki haklıdır ama, o sırada ben Fuat'la Füsun'un konuşmalarını hâlâ işitiyordum. Onlara bakmıyordum gerçi, gözlerimi karşımızdaki boş masaya dikmiş, gene kendi kendime, zaman hep geleceğe mi akar, deyip duruyordum. O anda bulduğum yanıtlar, hiç kuşkusuz varlığım kadar gülünçtü. Belki ellerime de benziyorlardı biraz, bira bardağına, ya da garsonların gülümseyişlerine de benziyorlardı. Bir keresinde, gözlerimi gene o boş masaya dikmiş ve zamanın tıpkı bir yol, ya da gökyüzüne tırmanan masmavi, kocaman bir ağaç gibi kollara ve dallara ayrıldığını düşünmüştüm. Bu varsayıma göre, insan her an bir kavşaktaydı; gördüğü, dokunduğu, yaşadığı, yaşayamadığı ne varsa onlara yaslanarak ya o yolu seçecekti, ya da ötekini. Tabii, bu seçim yalnızca belirlenen yolun gidiş yönünü göstermiyor, aynı zamanda ileride, yönlerin düğümleneceği başka kavşakların kaderini de çiziyordu.

O gün orada, bu varsayıma kendimi fazlaca kaptırmış olmalıyım ki, bir an, dördümüzün de ayrı ayrı zamanlara doğru kaydığını düşündüm. (Nurhan'ın söz ettiği sessizlik o sırada başlamış olmalı.) Gözlerimi gene o boş masaya dikmiştim, Fuat'la Füsun, ortalıkta dolaşıp duran düşsel bir Freud eşliğinde, cinsel kimliğin farklı kimliklere dönüşebilirliğini tartışıyorlardı ve ben sessizliği gülünç kılan derin bir sessizlikle, kimseye sezdirmeden, yavaş yavaş o boş masaya doğru sürükleniyordum. Kapıldığım akıntının şiddetine bakılırsa masalarla sandalyeler, beyaz desenli lacivert vazolar, onlarla birlikte küllükler, güller ve güllerden yaratılmış gül tasarımları da peşimden sürüklenip gelecek gibiydi. Belki de, telâşa kapılan siyah giysili garsonların bakışlarına çarpa çarpa Fuat da sürüklenecekti yerlerde, Füsun da, hatta çığlıklar atarak, Nurhan da.

Oysa, benim sürüklenişimin dışında bunların hiçbiri gerçekleşmedi o gün, gerçekleşmiyordu; her şey hangi zamanın biçimini almışsa, onun içinde öylece duruyordu. Fuat'la Füsun'un sesleri seslerin gerisindeydi artık, söylediklerini ancak düşleyerek anlayabiliyordum. Bu yüzden, haklı olarak kendim konuşup kendim dinliyormuşum gibi bir duyguya da kapılmıştım. Bu duygu, karşımızdaki boş masaya varıp oturduğumda da sürdü. Dahası, biraz da acıya dönüştü. Çünkü soluk soluğaydım ve yüzümü kaldırıp baktığımda, az önce bırakıp geldiğim masada, Fuat'la Füsun'un arasında oturan kendimi görebiliyordum. Üstelik, bir tuhaflık vardı oradaki bende, bunu seziyor, belki de hissediyor, ama anlayamıyordum.

Ne kadar süre sonraydı bilmiyorum, birden, ellerimi fark ettim. Masanın üstünde, birbirlerinden habersiz iki yorgun yaratık gibi yan yana duruyorlardı. Buruşuktular. Hatta, eskisine göre, sapsarıydılar. Ölü bile denebilirdi belki, sırtlarına iki bıçak saplasan bir damla kan akmayacak bile denebilirdi. Ben gözlerimi onlardan ayıramıyordum bir türlü. Zaman ellerimdi de, bütün varlığımla onu izliyordum sanki. Parmak uçlarımdan başlayarak yavaş yavaş kendime doğru ilerliyordum hatta ve dirseklerime yaklaşırken de ansızın yoruluyordum. Masadan masaya sürüklenirken bir değişim geçirip yaşlandığımı da o zaman anladım işte ve bundan bir kez daha emin olmak istercesine yüzümü kaldırıp korkuyla karşı masaya baktım. Hâlâ orada, gözlerimi buraya dikmiş oturuyordum. Bütün bu olup bitenler tuhaftı tabii; gene de, alışılagelmiş bazı mantık yürütmelerle bir açıklaması bulunabilir ve inanış düzenimizin çocuksu şaşkınlığı, birkaç tümcenin akla yatkınlığıyla o an için de olsa, ortadan kaldırılabilirdi. Ama ben, soluğu üç beş yılda kesiliverecek bir açıklamayı kabullenmeye hazır değildim. Kaldı ki, kendi kendime bir açıklama yapsam bile, hangi kendime yapacaktım? Masanın birinde genç, birindeyse yaşlı ve yorgundum. Ben bana, ben bana bakıyordum. Daha sonra, bu bakışım sırasında, ayrı zamanların çakışmasından apayrı bir zaman mı doğdu pek bilemiyorum ama, birdenbire kendimle göz göze geldim.

Rakı bardağını kaldırıp gülümsedim.

O da gülümsedi tabii.

Derken, bir şeyler yazmak geçti içimden; kalemimi çıkarıp o buruşuk ellerimle peçetenin üstüne, "Düşlerimize günah derlerdi de, tenimiz yeşillendikçe her ayvada bir diş bırakırdık fitre yerine" cümlesini yazdım. Onun altına da, "Bir kızın ellerinden ellerini uzatır da kimi zaman, bize dokunur zaman" ve "Henüz ölmemiş ölüleriz" cümlelerini sıraladım. Sonra, peçeteyi katlayıp gömlek cebime koydum ve karşı masadaki kendime bir kez daha baktım. Hâlâ tartışıyorduk. Bu kez konu romana gelmişti; Füsun, yüz çizgilerini allak bullak eden acayip bir hevesle, geçmişin ve geleceğin şimdide buluşacağı ve kahramanlardan birinin geleceğinin öteki kahramanın geçmişine dönüşeceği bir roman tasarısından söz ediyordu.

Nurhan anlattıkça hatırlıyorum şimdi; Füsun, bu romanın ilk elli sayfasını yazdığını söylemişti.

"O sessizlikten sonra," diyor Nurhan, "hani az önce belirttiğim o sessizlikten sonra ne oldu biliyor musun?"

"Ne oldu?" diyorum korkuyla.

"Gerçekten bilmiyor musun, fark etmedin mi?"

"Hayır."

Gülümsüyor bir an. Onun her şeyi anladığını düşünerek daha çok korkuyorum.

"Karşımızdaki boş masaya bakıyordum," diye sürdürüyor sözlerini. "Derken, masaya yaşlı bir adam geldi. Rakı içiyordu bu adam ve ikide bir gözlerini bizim masaya çevirip bana bakıyordu. Hatta, bir ara, önündeki peçeteye bir şeyler yazdı. Garsonun eline verip bana gönderecek diye korktum ama, bunu yapmadı."

"Ne yaptı peki?" diyorum.

"Peçeteyi katlayıp gömlek cebine koydu," diyor.

Şarap Lekesi

Beni sen, seni ben kadar çoğaltacak olan bu satırları şarap şişesinin yanında bulup okumaya başladığında, Alyoşa'nın anısını hafifletmek için yazdığımı anlayacaksın belki, bilmiyorum. Ama, ne zaman doğduğumuz sorulduğunda hep anamızın bacakları arasından çıktığımız tarihi belirtmemize rağmen, artık insanları analardan çok yaşamın doğurduğunu biliyorum.

Bu yüzden, o gün olup bitenlere pek şaşırdığımı söyleyemem şimdi sana.

Karımı İzmir'e yolcu edişimin üçüncü günüydü. Her zamanki gibi erken saatlerde uyanmıştım gene; bir süre yatakta Alyoşa'yla birlikte uzanmış, bir yandan onun sıcak ve nemli burnunu okşarken bir yandan da karımı düşünmüştüm. Onu İzmir'deki kardeşine göndermekle hiç değilse birkaç gün şöyle rahat rahat soluk alıp verebileceğime inanıyor ve kendi kendime, karımdan boşalan yerleri ele geçirmeye hazırlanıyordum. Onun gidişiyle birlikte tuhaf bir genişlik oluşmuştu evde; duvarlar canlı birer yaratık gibi adım adım geri çekilmişti sanki, eşyalar küçüldükçe küçülmüş, hiç beklenmedik köşelerde de insanı bakışlarından tutup kendilerine doğru çeken acayip alanlar açılmıştı. Artık, her şey sabahtan akşama dek dilediğince tozlanabiliyordu. Ne zaman bakarsam bakayım, ortalıkta sürekli insanın üstüne doğru yürüyen sevinçli bir boşluk vardı, ama sevinci bakış süresine bağlı bir boşluktu bu, gözlerim herhangi bir noktaya çivilenip kaldığında daralıyordu yavaş yavaş, aydınlığını yitiriyor ve beni eşyaların donuk görüntüleriyle kuşatılmış kör bir derinliğe itiyordu. Karımın anlaşılmaz sözleri yığılıyordu böyle zamanlarda üstüme, sürekli açılıp kapanan kocaman bir ağız yüzüme yaklaşıyor, hatta ellerimi alıp çürük diş kokuları arasında uğuldayan karanlığına doğru çekiyordu. Öyle ki, ben ellerimsiz kalıyordum birden ve bir çift elim daha varmış da yeni fark etmişim gibi, kan ter içinde çırpınıyordum bir yerlere tutunabilmek için. Sonra, gözlerimi çivilendikleri noktadan ayırıp Alyoşa'ya çeviriyor ve onu görünce, sığınağına kavuşmuş küçücük bir çocuk gibi, yalnızca kavuşmanın verdiği sıcaklıkla iliklerime dek ısınıp gevşiyordum.

O sabah, olup bitenler olup bitmeden önce, dediğim gibi, yatakta, sığınağımdaydım gene. Karımın geride bıraktığı seslere, kokulara ve onun dokunup gittiği eşyaların katı görünümlerine karşı tedbirimi almıştım yani; elimin altında tatlı tatlı mızıklayan Alyoşa'nın kuyruğu, bana yönelecek her türlü saldırıyı savuşturmak istercesine, boşlukta hızlı hızlı, bir sağa bir sola sallanıp duruyordu. Giderek uzayan, büyülü bir sarkaçtı sanki...

Ben de, gözlerimi o tüylü, siyah sarkaca dikmiştim. Alyoşa'nın en yalın dili kuyruğudur herhâlde, diye geçiriyordum içimden ve onun bana bir şeyler demeye çalıştığını düşünüyordum. Onunla birbirimize o denli yakındık ki, birbirimizi o denli sevmiş, o denli avutmuş, o denli çoğaltıp o denli ısıtmıştık ki, bana her şeyi diyebilirdi. Daha önce de demişti belki, ne var ki pek konuşmamıştık onunla, konuşmazdık. En sıkı bağımız sessizlikti, bunu ikimiz de bilirdik; karımın bitip tükenmez dırdırlarına karşı, sürekli açılıp kapanan arsız ve anlamsız ağzına inat, sürekli ve kesin bir sessizlik... Sesle iletilebilecek ne kadar duygu varsa, ânında sessizliğin diline çeviriyorduk bu yüzden, duruşun diline ya da, bakışın, kıpırdanışın, nefes alıp verişin, irkilişin diline.

Alyoşa'nın kuyruk sallayışıyla bana neler dediğini düşünürken, işte, o gün kendimi birdenbire salonda buldum. Bu öyle hızlı gerçekleşti ki, salonda oluşum salonu hatırlayışımdan kaynaklanan tatlı bir yanılsama mıydı, yoksa yataktan kalkıp gerçekten oraya mı geçmiştim, hiç bilmiyorum. Bildiğim şu ki, etten kemikten ve bıkkınlıktan ibaret kaskatı bir gerçektim. Üstelik, gerçekliğimi bir başına doğrulayacak ölçüde anlaşılmaz bir sıkıntıya kapılmıştım ve kendimle kendim arasında uzanan o katedilmez boşlukta yapayalnızdım. Karşımda da karım vardı. İzmir'e gitmemişti sanki, kanepenin üstüne oturmuş, havayı rendeleyen bir sesle durup dinlenmeden konuşuyordu. Ben, duvarın dibindeki koltuktan sessizce ona bakıyordum. Yılların verdiği alışkanlıkla, onun söylediklerini işitip anladığımı belirtmek ve üstüme çullanan bir çift gözün ağırlığından kurtulmak için başımı da sallıyordum kuşkusuz. Yani, kendimi oturduğum koltukta bırakarak havada uçuşan sözcüklerin anlamına karışıyordum anlamsızca, karımın sesine, çürük diş kokusuna ve belleğinin karanlığına karışıp yavaş yavaş karıştıklarıma dönüşüyordum. Bir yandan da, karımın ağzından fırlayan her sözcüğün tenimde, eşyaların yüzeyinde, duvarlarda ve gitgide üstüme yığılan boşlukta birtakım yaralar açtığını ve salonun, o yaralardan akan çok renkli bir kanla dolup taştığını düşünüyordum. Belki oturduğum koltuk bile topuklarına dek o kana gömülmüştü de, her şeyin ancak bir yüzünü göre göre tembelleşen gözlerim bu gerçeği algılamaya yetmiyordu. Başka bir deyişle, eşyalarmış gibi kokup eşyalarmış gibi görünen bu kanın içinde, öylece oturuyorduk. Hem her şeyin içinde, hem de her şeyin dışındaydık. Yüzüm karımın yüzünün duruşunu doğuruyordu sürekli, sessizliğim sesini besliyor, oturuş biçimim oturuşunu düzenliyor ve sonra bütün bunlar ondan bana yansıyor, varlığımda bir zaman soluklanıp o anki rengimi rengine ekleyerek yeniden ona dönüyordu. İnsana bıkkınlık veren bu tekrarın içinde örselenirken, bir güç almak için midir nedir, koltuğun kenarlarına sımsıkı tutunmuştum.

Karımsa hâlâ konuşuyor, inanılmaz bir çabayla, neredeyse yüzünün tamamını bir ağza dönüştürüp ellerini de dil gibi kullanarak peş peşe bir şeyler anlatıyordu. Anlattığı da ne, sonraki davranışlarıyla öncekileri silen üç beş komşunun düştüğü sıradan tuhaflıklar, kardeşinin tırmanışa geçen densizlikleri, üst kattaki öğrencilerin taşkınlıkları, arada bir buzdolabından gelen alışılmadık sesler, azalan yağ, biten pirinç, sönen ampul, kırılan cam ve Alyoşa'nın gereksizliği... En çok da bu konu üstünde duruyor, Alyoşa'yı eve neden getirdiğimi anlamış, hatta bunu baştan beri biliyormuş da şimdiye dek susmuş gibi, dönüp dolaşıp sözü ısrarla oraya getiriyordu. Onun, içi boş sözcüklerden oluşan tümceleri öfkeli bir sesle hiç düşünmeden ortalığa saçıp savurması beni kaygılandırmaya başlamıştı. Üstelik, bir insanın sözcüklere bu denli güvenmesini ve onlardan bu denli umut beklemesini ilk kez yadırgıyordum.

Ama, bir süre sonra, belki de söz inatla Alyoşa'nın üstünde dönüp durduğundan, konuşma illeti bana da bulaştı. Karımın ağzından fırlayan ve artık evliliğimizi asla kurtaramayacak olan sesler, içimde yatan ölü sözcükleri dürtüp canlandırmıştı sanki. Bir şeylerin gırtlağıma doğru yükseldiğini hissediyordum. Yutkunuşuma bakılırsa oldukça anlamlı sözler edecektim. Karım, sesimdeki kararlılığı ve şiddeti görüp belki de şaşıracaktı.

Oysa, hiç de düşündüğüm gibi olmadı; başkalarından işittiğimde ağırlıklarını yerli yerinde bulduğum sözcükler, ağzımdan dökülür dökülmez fıstık kabuğu kadar anlamsızlaşıverdi. Bunu fark edince hemen sustum ama, karım yüzünü elleriyle kapatıp kıs kıs güldü.

Alyoşa ortalıkta yoktu o sırada.

Derken, karım da kayboldu.

Ben, salonda, onun kulaklarımda çınlayan iğrenç gülüşüyle birlikte bir süre dikildim. Sonra, gözlerimi karımın kanepede kalan boşluğundan güçlükle ayırdım ve sevgili Alyoşamı aramaya başladım. Evliliğimizin iflasından bu yana, yaklaşık üç yıldır bana arkadaşlık eden o sessiz ve vefalı yaratığın avuçlarımda biriken sıcaklığını bir pusula gibi kullanarak, ağlamaklı çocuk adımlarıyla bir süre odadan odaya gezindim. Kapı arkalarına baktım özleyerek, kanepe diplerine, masa altlarına ve odaların, eşiklerine doğru ağan derinliklerine baktım. Alyoşa'nın yokluğu karımın yokluğunu örterek önüm sıra geniş ağızlı bir uçurum gibi yürüyordu o sırada ve ben belki de o uçurumda gezinen bir düşe benziyordum. Ellerim gitgide hafifliyordu yani, ayaklarım hafifliyordu ve kafamdan geçenler tıpkı bir tüy harmanı gibi, inanılmaz bir hızla birbirine karışıyordu. Sözgelimi, Alyoşa'yı yaşamın acımasızlığına karşı bir sığınak olarak kullandığımı ve bundan yavaş yavaş nefret ettiğimi, hatta utanç duymaya başladığımı düşünürken ansızın onu satın aldığım günü hatırlıyordum; kırlangıçların çatıları delik deşik ettiği o soluk mavi ikindiyi; kır bıyıklı satıcının paraya uzanan ellerini, ellerinin paraya dokunurken birdenbire kirlenişini; sonra Alyoşa'yla ilk kez göz göze gelişimizi; benim onu sessizce, bin bir ihtiyatla süzüşümü; sonra sessizliğin sözcüklerini kullanarak gizli bir anlaşmaya varışımızı; sonra onun peşim sıra soru sorup dırdır etmeden yürüyüşünü ve ben dönüp baktıkça, kuyruğunu kısıp bir köpek heykeli gibi taş kesilişini...

Bütün bunlar kafamın içinde birbirine karışır ve görüntüler sesleri, sesler görüntüleri örtüp her şey bulanık ve uzak bir aynaya dönüşürken, yatak odasının önüne gelmiştim artık. Elimi kapı koluna doğru uzatırken, bir an içeride, hâlâ yatakta olduğumu düşündüm. Bu olacak şey değildi aslında, ama Alyoşa'nın nemli burnunu avuçlarımda hissediyor ve onu yavaş yavaş okşamayı sürdürüyordum. Sonra, o tüylü, siyah sarkacı gördüm; aynı hızla bir sağa bir sola gidip geliyordu. Alyoşa'nın kuyruğu değildi sanki, daha çok, boşluğun eline geçmiş tuhaf bir nesneye benziyordu. Boşluğun, iki an arasında sallayıp durduğu bir nesneye.

İşte, yatak odasının kapısı o sırada açıldı. Daha doğrusu, insanın içini tırmalayan bir gıcırtıyla aralandı ve bir gölge eğilip yavaşça içeriye baktı. Göz göze gelmiş miydik şimdi tam olarak kestiremiyorum, ama gördüm onu; yüzü sapsarıydı ve eşikten adımını atmadığı hâlde yatak odasına girmiş gibiydi, kokusunu ta burnumun dibinde hissediyordum. Alyoşa kulaklarını kuşkuyla dikmiş benimle aynı yöne, kapıdaki o gölgeye bakıyordu. Sonra, gölge içimizden geçenleri sezmiş gibi hızla kayboldu.

Alyoşa'yla birlikte yataktan fırlayıp palas pandıras kapıya doğru koştuk. Salona çıktığımızda ortalıkta kimsecikler yoktu; ne kanepelerin üstünde taze bir boşluk, ne kapıların duruşunda yeni bir kapanmışlık, ne de eşyaların yüzünde küçücük bir esinti. Karımın İzmir'de olduğuna bir kez daha inanarak koltuğa çöktüm. Elimi çeneme dayamış, az önceki yanılsamanın nedenini düşünüyordum. Alyoşa ayaklarımın dibine kıvrılıp yatmıştı. Derken, ikide bir kulaklarını dikip burnunu ileriye doğru uzatarak havayı koklamaya başladı. Evin içinde bir yerlerde, ikimizin de göremediği bir şey vardı sanki, gitgide büyüyerek, belki de kendisini eşyaların görüntüsüne dönüştürerek gizlice bize doğru yaklaşıyordu. Onun ayak seslerini, yuvarlanışını, ya da sürüklenişini işitiyormuşçasına Alyoşa'nın huzursuzluğu da gitgide artıyordu. Sigarayı ağzıma getirip götüren elimi santim santim izliyor, salona açılan kapılardan biri ansızın aralanacakmış gibi arada bir çevreyi süzüyor, ya da öksürecek möksürecek olsam kulaklarını sipsivri dikerek dikkatle yüzüme bakıyordu.

Doğrusu, onu hiç bu kadar tedirgin görmemiştim. Her hareketi bana yöneltilmiş bir soruydu sanki, her bakışı upuzun bir tümceydi ve tıpkı karım gibi ıvır zıvır şeyler anlatıyor, gözlerime onun gözleriyle bakıyor, derken bir kuyruk salınımıyla konuyu değiştirip yavaş yavaş gene aynı konuya dönüyor ve aynı kıpırtılarla, aynı duruş ve bakışlarla her şeyi bir kez daha anlatıyordu. Bütün bunları öyle sık tekrarlıyordu ki, artık onun hiç de sandığım kadar sessiz ve vefalı bir sığınak olmadığını düşünmeye başlamıştım. Hatta, dayanamayıp bu düşüncemi kendisine de açtım.

"Karım gibi dırdırcının tekisin!" dedim öfkeyle.

Evet öyleyim, dercesine gözlerini kapatıp kuyruğunu salladı. Tepemi attıran şey de bu oldu zaten; kalkıp yatak odasına koştum hemen, hızla giyinip atkımı boynuma doladım, şemsiyemi aldım ve bacaklarımın çevresinde gezinip duran (yani hâlâ dırdırını sürdüren) Alyoşa'nın gözlerine gözlerimi dikerek; "Bu kez sen dışarı çıkmayacaksın," dedim. "Evde oturup beni bekleyeceksin!"

Kulaklarını dikip mızıkladı. Onu anlıyordum, üç yıldır birlikteydik ve benden ilk kez böyle şeyler işitiyordu. Onu hiçbir zaman evde tek başına bırakmamıştım, hep yan yanaydık, göz göze, kucak kucağa, koyun koyunaydık. Zaten, sıcaklığımız birbirine karışmadıkça sıcak, varlığımız birbirini görmedikçe var saymazdık kendimizi. Hatta, karımın öfkesine rağmen, o yatak odasında, kapının dibinde yatardı geceleri. Yastıktan ne zaman başımı kaldırsam göz göze gelirdik hemen, bir çift umut ışığı gibi parlayan gözleri sıcacık tutardı içimi. Karım da Alyoşa'ya benzesin isterdim böyle anlarda, sussun, karşımda dursun ve yalnızca baksın...

Kapıya doğru yürürken, Alyoşa karşıma geçip o gün bir kez daha mızıkladı. İki dili aynı anda konuşuyordu sanki; kulaklarını dikip kuyruğunu sallaması ayrı bir dildi, mızıklaması ayrı bir dil. Artık onun tam anlamıyla karıma benzediğinden emindim. Üstelik, ilk karşılaşmamızda, neredeyse bir köpek heykeli kadar sessiz görünmekle beni aldattığına inanıyordum.

Evden bu aldatılmışlık duygusuyla çıktım o gün, ince ince yağan karın altında şemsiyemi açmadan uzun süre yürüdüm. Alyoşa'nın yüzü, titreyen avurtları, kıpkızıl gözleri ve sitem dolu çizgileriyle peşime takılıp gelmiş gibi gözlerimin önünden gitmiyordu, hangi vitrine baksam, yüzümü hangi kaldırıma dönsem onu görüyordum. Üstelik, yürüdükçe, onun her bakışını, her kıpırdayışını, hatta her duruşunu bir sözcüğe benzetip kafamda tümceler kurmaya başlamıştım. Derken, tam da köprünün oradan geçerken, bu tümcelerin karımın kullandığı tümcelerle aynı olduğunu fark ettim. Onun konuşmalarından derlenmişlerdi sanki, ya da onun yıllarımı silip süpüren sesi evin içinde bir yerlere sözcük sözcük sinmişti de, Alyoşa onları koklayıp koklayıp kendi duruşuyla, kendi bakışı ve mızıklayışıyla yeniden dile getiriyordu.

Bu korkunç gerçeğe ulaştığımda bir marketin önündeydim. Omuzlarımdaki karları ayaklarımı yere vurarak silktim bir süre, öne arkaya doğru salladım, sonra içeri girip reyonların arasına daldım. Raflara baka baka, gevşek adımlarla, hangi yöne gideceğimi bilemeden rastgele gezinmeye başlamıştım. Doğrusu, ne yapacağımı, neler satın alacağımı, hatta Alyoşa'yı evde tek başına bırakıp sokağa neden çıktığımı bile bilmiyordum o anda. Uyurgezer olduğunu bilen bir uyurgezere benzetiyordum kendimi; bedenimin peşine düşmüş, raftan rafa dolaşıyor, sirke şişelerinin, reçel kavanozlarının, deterjan kutularının başında dakikalarca duraksıyor, kimi zaman da et reyonuna doğru yaklaşıp beyaz önlüklü tezgâhtarın kıyma makinesine uzanan ellerine bakıyordum. Un ufak edilmiş bir dana çıkıyordu kıyma makinesinden, bir başka dana kocaman bir satırın altında kuşbaşı kuşbaşı doğranıyor, bir başkası da paketlenip evlere gönderiliyordu.

Sonunda, nereden aklıma esmişse esmiş, bir şişe şarapla yarım kilo beyazpeynir almıştım. Gene de, kasiyere doğru yürürken, almak istediğim asıl şeyi almamışım gibi bir duygu vardı içimde. Bir şeyi, ama çok çok önemli bir şeyi unutmuştum sanki. Dazlak kafalı kasiyer, peynirle şarabı yeşil bir poşete koymuş, dalgınlığımın nedenini çözmek istercesine dikkatle yüzüme bakıyordu.

"Hasta mısınız?" dedi sonra derme çatma bir kaygıyla.

"Hayır," dedim ona.

Poşeti alıp çıktım. Kar şehrin üstünde, derinliğinde karanlık saklı beyaz bir tül gibi savruluyordu hâlâ. Caddeler ıssızlığa gömülmüştü. Köprünün oraya geldiğimde, neyi almayı unutmuş olabilirim diye bir kez daha geçirdim kafamdan, hatırlamaya çalıştım, ama bir türlü çıkaramadım. Sonra, o uyurgezer hâlimle başka caddelere geçip bir yerlere uğradım mı, yoksa dosdoğru eve mi geldim, bilmiyorum. Kapıyı açar açmaz, Alyoşa'nın üstüme atılacağını, kuyruğunu sallaya sallaya mızıklayacağını ve burnunu uzatıp elimdeki poşeti koklayacağını düşünüyordum.

Oysa, ortalıkta kimsecikler yoktu. Bu yüzden, ayakkabılarımı çıkarıp sessizliğin kenarına bıraktıktan sonra bir süre dikildim kapının ardında. Tıpkı Alyoşa gibi, belki de onun yerine, burnumu ileriye doğru uzatıp havayı kokladım. Derken, gözlerim koridorun sonunda, vestiyerdeki şemsiyeye takıldı. O anda biraz şaşırmakla birlikte, dışarıya şemsiyesiz çıktığımı anladım. Gene de, pek emin değildim bundan.

Sessizce vestiyere doğru yaklaştım. Ona dokunup şemsiyeyi elime alırsam uyurgezerliğimden kurtulacakmışım gibi bir duyguya kapılmıştım. Bir büyü ansızın bozulacaktı sanki, bir diriliş yaşanacak, bir canlılık doğacaktı.

Dakikalar sonra, şemsiyeyi indirip yavaş yavaş açtığımda bir kez daha şaşırdım. Bir elimde hâlâ karları erimemiş şemsiye, bir elimde poşet, oraya çakılıp kalmıştım.

"Alyoşa!" diye bağırdım sonra.

Sessizlik, sesimle biraz daha derinleşti.

Parmak uçlarıma basarak mutfağa doğru ilerledim. Kafamın içi allak bullak olmuştu. Üstelik, önüm sıra, bir beden oylumundaki boşluğun da benimle birlikte yürüdüğünü düşünüyordum. Bir adım sonraki bendim sanki o boşluk, ya da mutfağa yıllardır girip çıkan bedenim boşluğun yüzünde yüzlerce iz bırakmış ve o izler derinleşe derinleşe bedenime benzemişti de onları hissediyordum. Aslında, aynı bedensel boşluktan yüzlercesinin de arkamdan geldiğini düşünebilirdim ama, buna fırsat kalmadı. Alyoşa'nın boğuk boğuk havladığını işittim birden. Kafamda ne varsa hepsi uçmuştu. Tam kapıyı açacaktım ki, bu kez de içeriden havlamalara karışan insan homurtuları geldi, ister istemez duraksadım. Homurtuları, Alyoşa'nın giderek ağlayışa dönüşen sesinden ayırıp sözcük sözcük algılamaya çalıştım ama bu mümkün olmadı.

Kapıyı yavaşça, içerideki insanın dikkatini çekmeden aralayıp baktım.

Sevgili sığınağım, biricik Alyoşam, ağzı köpükler, ağzı yanık yalvarışlar içinde yerde kıvranıyordu. Kuyruğu tüylü ve siyah bir sarkaç değildi artık, simsiyah bir kırbaçtı ve durup dinlenmeden, inanılmaz bir hızla sağa sola savrularak, yaklaşan ölümü kovmaya çalışıyordu. Bu çırpınışlar hiçbir işe yaramadı tabii, Alyoşa'nın ağzından taze bir köpük seli boşandı ve kızıl gözlerini kısıp bacaklarını gererek taş kesildi.

Sonra, bir ayak onu, ölüp ölmediğini anlamak için tekmeledi.

Alyoşa yanıt vermedi; orada, mutfak masasının dibinde, anlamı çözülemeyen simsiyah bir sözcük gibi öylece yattı.

Ben de, gözlerimi ondan ayırıp ayağın sahibine çevirdim o sırada; elindeki şişeyi bir köşeye fırlatıp masaya oturmuş, bir yandan şarabını yudumluyor, bir yandan da ağzındaki peynir dilimlerini geveleye geveleye önündeki kâğıda bir şeyler yazıyordu. Elleri, şarap şişesinden süzülen gün ışığının altında, kana bulanmış iki yaratık gibiydi. Sonra, o yaratıklardan biri, masadaki poşeti alıp öfkeyle yere fırlattı. Poşet havada yeşil bir balon gibi şişti önce, hafifçe sallandı ve gelip Alyoşa'nın üstüne düştü.

Artık her şeye geç kaldığımı düşünerek kapıyı hızla kapattım o sırada ben. Yeşil poşet hâlâ elimdeydi ve içindeki peynirle şarap şişesi gitgide ağırlaşarak beni yere doğru çekiyordu. Sonunda dayanamayıp oracığa, kapının dibine çöktüm. Başımı pervaza yaslamış, bir yandan mutfaktan gelen kahkahaları dinliyor, bir yandan da Alyoşa'nın avuçlarımdaki sıcaklığına bakarak hıçkıra hıçkıra ağlıyordum.

Şimdi sen bu satırların sonuna geldiğinde, hiç kuşkusuz beni tanımak için ne kahkahalardan yola çıkacaksın, ne de hıçkırıklardan.

Yalnızlığıma damlayan şarap lekesi yetecek sana.

Gökyüzü Gri

Balkondan görmüştüm onu, yumrukları boşluğu döverken ağzı bir mağara gibi açılıp kapanıyordu. Caddedeki otomobillerin arasından yürüyüp elektrik trafosunun önüne gelmişti. Tam balkonun altındaydı artık, dimdik durmuş, bana bakıyordu. Çamaşırları mandallayışıma küçümseyerek bakıyordu. Derken, giysilerini parçalamaya başladı; eteğindeki ince yapraklı dal desenlerini koparıp koparıp şehrin öteki ucuna doğru savurdu. Bacakları bütün beyazlığıyla ortaya çıkmıştı. O soyundukça, her şey her şeye daha hızlı karıştı sanki; renkler birbirlerini emdiler uzun uzun, sesler eşyaların ömründen birer yonga daha kopardılar, erkekler biraz daha kadınlaştılar ve içlerindeki kadını örtsün diye, erkeksi davranışlarını ısrarla sürdürdüler.

Caddedeki kadın çırılçıplaktı artık. Sutyeni, erotik bir sözcük gibi telgraf tellerine takılıp kalmış, çoraplarıysa otomobillerin rüzgârıyla şişip caddelerde gezintiye çıkmıştı. Derken, alkış tutup ıslık çalmaya eğilimli, terli ve uyuşuk bir kalabalık toplandı aşağıda. Kendilerini bekleyen her şeyi unutmuşa benziyorlardı. Ben yukarıdan onlara bakarken, kadının birdenbire çoğaldığını düşündüm nedense; oradaki her insanın gözünde o ayrı ayrı vardı artık ve şehir, kalabalığı oluşturanlar kadar eksikti o anda; buluşmalar, alışverişler, işlemler, çalışmalar, konuşmalar ve sevişmeler kendiliğinden ertelenmişti. Her şey bu kadar da değildi, kadının çıplaklığı hızla yayılıyordu çevreye; kamyon sürücülerinin bakışlarına karışarak birkaç gün sonraki yol söyleşilerine gidiyor, kaldırımdan geçenlerin dalgınlığını noktalıyor, ya da apartman pencerelerinden sızarak koltuklarında oturup ölümü bekleyen yaşlılara tuhaf şeyler düşündürüyordu.

Elimdeki mandalları çamaşır sepetine bırakmış, yarı açık bir ağızla ben de hâlâ aşağıda olup bitenleri izliyordum. Kadın, memelerini öksüz iki çocuk gibi kollarıyla sarmış, dilenen gözlerle erkeklere bakıyordu. Tenine değen bakışlarla besleniyordu sanki; bedenine bir kerecik dokunulsa ansızın büyüyüp klakson seslerine, piyango biletlerine, trenlerin gecikmişliğine, gemilerin duruşuna, sokakların uğultusuna ve ezan seslerine karışacaktı. Her şey ve her yer o kokacaktı ondan sonra, o ışıyacak, o yürüyecek, o yeşerecek, o yıkılacak, o büyüyecek, o ölecekti ve insanların birbirlerinden gizledikleri çıplaklık artık bir elmanın ısırılışından ya da bir gözlüğün çıkarılıp masaya bırakılışından yansımayacaktı yaşama, elini kolunu sallaya sallaya, sokaklarda özgürce dolaşmaya başlayacaktı.

Böyle olmadı ama, kadın öfkeyle bana doğru yürüdü. Birkaç adım yaklaşmıştı ki, birdenbire kayboldu sonra. Ben de, belki olup bitenler bir düştü, dedim kendi kendime ve çamaşır sepetini alıp içeri girdim. Sonra, balkon kapısını kapatır kapatmaz bir tuhaflık hissettim kendimde. Gitgide uyuşuyordum sanki, ellerim, yüzüm ve bacaklarım keçeleşmeye başlamıştı. Derken, bir titreme geçti içimden. Ilık bir titremeydi. Yo, hayır, soğuktu; evet, buz gibi soğuktu ve sona erdiğinde ellerim değişmişti, gözlerim, ayaklarım, hatta duygularım bile değişmişti. İçimde, bambaşka bir insan vardı sanki ve ben onun ardı sıra, büyülenmişçesine yürüyordum. Aynalardan geçiyorduk birlikte, kapılardan, salonlardan geçiyorduk. Ne giyeceğimi o seçiyordu benim ellerimle, saçlarımı o tarıyor, kocamdan gizleyip durduğum makyaj çantamı o buluyor, fermuarını o açıp içinden rujumu mujumu o çıkarıyordu. Yarım saatlik bir sürede, takmış takıştırmıştım artık, sürmüş sürüştürmüş ve dışarı çıkmak için bütün hazırlıklarımı tamamlamıştım.

O sırada, oğlum salondaki kanepeye uzanmış, bacaklarını havada oynata oynata önündeki kâğıda tören resmi çiziyordu. Ben kapıya doğru yürürken, kâğıttaki tören alanından geçen otomobil bir an için yavaşlamış ve içindeki beş general yüzlerini çevirip arkamdan bakmışlar mıydı, bilemiyorum.

Bildiğim şu ki, oğlum o generallerin göğsüne ışıltılı madalyalar takarken, ben sokaklarda saatlerce yürümüştüm. Pencere önlerinde oturup aylarca kocasını bekleyen, geceleri karanlık bir odada ağlayan, tenini kat kat kumaşların altına gizleyen, sırmalı astsubay giysilerine ya da televizyonun üstünde duran ve hiçbir limana ulaşamayan denizaltı maketine bakıp düşler kuran bir kadın değildim artık; kaldırımlardaydım, dükkân kapılarının önünden hoş kokular saçarak geçendim, gülümseyendim, otomobillerin tampon dibinde savrulan etektim kimi zaman, kimi zaman köşede kaybolan kıvrak bir kalça, kimi zaman da üst geçidin merdivenlerine tırmanan bir çift bacaktım. Kendi telâşlarıyla körleşenlerin gözlerindeyse hiç yoktum kuşkusuz, oralardan geçmemiştim, parklarda tek başıma oturup bacak bacak üstüne atmamış, caddelerde cak cuk çiklet çiğnememiş, ya da yanı başımdan hızla geçen o kırmızı otomobilin sürücüsüne, yerim ulan seni dercesine göz kırpmamıştım. Gene de, sevmiştim sokakları. İnsan onları gezip dolaştıkça, yaşamın değişebilirliğine daha çok inanıyordu. Hatta, uzaktan uzağa da olsa, öteki insanların varlığına yaslanıp kendi varlığını, yalnızlığını ve tekdüzeliğini yeniden kavrıyordu.

Bu yüzden, aylarca dolaştım sokaklarda. Ama, her akşam evime döndüm; oğlumun karnı acıkmışsa doyurdum, bulaşıklar birikmişse yıkadım, kocam denizden dönmüşse boynuna iskele halatları gibi sarıldım, yorgunluğundan sıyrılıp memelerime uzanmışsa açtım sutyenimi, bakışları yatağa çağırıyorsa gidip yattım altına. Sonra, merdiven basamaklarındaki izlerimi tazeledim tek tek, hatta terlik şıpırtılarını özene bezene tırabzanlara ve duvarlara sıçrattım. Sonra da, silinip gitmeyeyim, ya da komşularım bensiz eksik kalmasınlar diye onların belleğinde yaşayan çöp toplarkenki, ekmek alırkenki, pencereden bakarkenki görüntülerimin içine defalarca girip çıktım. Nasılsa sesimizle varızdır onun gözünde, ya da dikkatsiz davranacak kadar dikkatlidir diye düşünüp birkaç kez kapıcıya da duyurdum sesimi. Ama, hiçbir zaman balkona çıkmadım. Oraya çıkarsam sokaklarda dolaşma cesaretini bir daha kendimde bulamayacağımdan ve gene eskisi gibi eve kapanıp kalacağımdan korkuyordum çünkü.

Derken, bir gün, portakal yanaklı kadın çıktı karşıma. Şehri aylak aylak dolanan, gürültülerin içinde eriyen, anlamsız kıvrılışlarla birbirlerini kollayan, daralıp tıkanan ve ter kokan sokakların hepsi onun göz çukurlarından geçiyordu. Koltukaltlarına doğru yayılan iri memeleriyle, yıllardır görmeyi umduğum birini hatırlatıyordu bana. Çocukluğumda sıcaklığına sığındığım allı güllü bez bebeğimin büyümüşü, sigara tüttürmeyi öğrenip konuşmayı sökmüşüydü sanki. Onunla göz göze geldiğimde ister istemez çocuklaşıyordum. Öyle ki, akla hayale gelmedik binlerce yaramazlık geçiyordu içimden; koşmak istiyordum sözgelimi, vitrin camlarının arkasına geçip tuhaf pozlar vermek, boyu bosu yerinde birini çimdiklemek, yüksekçe bir yere çıkıp bağırmak, hatta üzerimde ne kadar giysi varsa hepsini tek tek yırtıp atmak istiyordum. Gelgelelim, portakal yanaklı kadın hiç de bunlara izin verecek birine benzemiyordu; bir ana gibi kucaklamıştı beni, bakışlarıyla bir ana gibi sarmış, elimden de bir ana gibi tutmuştu. Birlikte, yürüyorduk. Nereye gittiğimizi bile soramıyordum ona. Belki de, böyle bir şeye gerek duymuyordum. Hem şaşılacak ölçüde inanıyor, hem de onun gölgesindc olmaktan mutluluk duyuyordum çünkü.

Taş döşeli sokakları geçip de, hurdacıların arasına dalınca yavaşlamıştık. Kadın epeyce yorulmuştu zaten. Biraz dinlenelim diye, toprak yolun kenarına, o pas kokularının arasına oturduk. İkimiz de sessizdik gene, konuşmuyorduk. Peşimizde, her şeyi kendi akışına bırakmamızı ve hiç konuşmamamızı söyleyen, bizden daha büyük, bizden daha güçlü bir şey vardı sanki. Hatta, hiçbir şey değilmiş gibi gözüken o şey, arada bir kulağıma eğilip, "Gitme..." diyordu bana. Yumuşacık bir fısıltıydı bu, yıllar, yıllar öncesinden geliyor gibiydi. Dut ağaçlarının gölgesinde yatan köy evimizin ıssızlığına benziyordu biraz, dedemin düğümlenmiş öksürüklerine, babamın köy bekçisine kurşun sıkışına, babaannemin sim ışıltılarına karışan bakışlarına, ya da annemin çorbaları taşırıp kaşıkları unutan öfkesine benziyordu. Fısıltının yumuşaklığı kuşkulandırıyordu beni, bu yüzden, portakal yanaklı kadına büsbütün sokulup yarım bedenle sarılıyordum.

O sigarasını söndürünce, yola yeniden koyulduk. Altında pis suların çağıldadığı, bol sinekli bir tahta köprüden geçerek asfalta çıktık. İrili ufaklı yüzlerce ev vardı önümüzde, kırık camları, briket ya da kerpiç duvarları ve uçuk kırmızı çatılarıyla tepelere doğru tırmanıyorlardı. Portakal yanaklı kadın, kolumdan asılıp bana işte bu evlerin arasından birini gösterdi, iki katlı, mavi bir evdi bu.

Sonraki aylarda, her öğleden sonra gittim oraya. Ev, portakal yanaklı kadınındı; içinde süslü püslü dolaplar, cam eşyalar, maviyi basamak basamak koyulaştıran merdivenler ve sevişme sesleriyle titreşen tahta kapılar vardı. Bir de biz tabii; Cansel, Gülnida, Alev ve ben... Cansel, köydeki ablama benziyordu. Kimi zaman, onun yüzüne bakarken, köy çeşmesinin yosunlu şırıltısına tutuna tutuna ilerleyen kasvetli bir zamanın sokaklarında bulurdum kendimi. Sessizce yürürdüm. Güneş pırıl pırıl dönerdi tepemde, köpek havlamaları avludan avluya sıçrar, sağdan soldan tavuk gıdaklamaları yükselir, bütün bunlar olup biterken, tahta minare de kırlangıç cıvıltılarının arasına gömülürdü. Duvar diplerinde tespih çeken ak sakallı yaşlıların kirpik uçlarına sürtünerek hızlıca geçerdim caminin yanından. Köy çeşmesiyle evimiz arasında uzanan taşlı sokakta, dayımın her yıl çocuk düşürmekten iğne ipliğe dönmüş, alnı yalancı altınlarla süslü karısını görürdüm. Önünde, birkaç kara inek olurdu. Kırlarımıza benzerdi bu inekler, dağlarımıza, bayırlarımıza benzerdi. Biraz da dayıma benzerdi tabii... Yengemse, her şeyiyle, hatta olmayan yanlarıyla bile Gülnida'ya benzerdi. Şaşırırdım onu görünce. Bu arada, ben işte öyle şaşırmış ve henüz şaşkınlığımı yaşamamışken, bir silah sesi karışırdı köyün tarihine. Babamın köy bekçisini vurduğu gündü belki. Silah sesi, gidip komşu köylerin kırlarını bile ürpertirdi çünkü ve yengemin sırtındaki bebek o sırada başını kaldırıp boşluğa iri gözlerle bakakalırdı.

İşte, o gözlerin yıllar sonrasına yuvarlanıp gelmişiydi portakal yanaklı kadının evindeki Alev'in gözleri. Ne zaman kapı çalınsa, silah sesi işitmişçesine birdenbire yerinden sıçrardı. Gözleri iri iri olurdu böyle anlarda. Neredeyse bütün sesler ürkütürdü onu ve o da sesleri ürkütmekten çekinircesine, parmaklarının ucunda yürürdü. Kimi zaman, uykularından sıçrayıp kalktığı da oluyordu Alev'in. Nedense, hep bıçaklanırdı düşlerinde; ter içinde uyandığında da, kasıklarını bastırırdı kan fışkırıp gitmesin diye. Kimi zaman da, bıçaklanırım korkusuyla bazı müşterilerle yatmak istemezdi. Bu durumda portakal yanaklı kadın devreye girip iki tarafı da üzmeden, daha farklı sahneler önerirdi müşteriye. Sözgelimi, beni gönderirdi Alev'in yerine, ya da müşteri, ağzının sularını akıta akıta ille de Alev diye diretiyorsa, tutup Cansel'i de sürerdi aynı yatağa ve özel tarifeden ücret alırdı.

Boş kaldığımızda, Isparta halılarıyla döşenmiş kırmızı ampullü salonda oturur, kemik renkli kanepelere gömülüp sigaralarımızı tüttürerek saatlerce havadan sudan söz ederdik. Öyle basit, öyle eften püften şeyler konuşurduk ki, böyle zamanlarda, dile getirmekten korktuğumuz şeyler büsbütün önem kazanırdı. Uzun bacaklı sehpaların üstünde Amerikan sigaralarıyla günlük gazeteler ve gece gündüz yanan kırmızı ampullerden başka kimseciklerin okumadığı haftalık dergiler dururdu. O dergilerle salonun hangi eksikliği giderilirdi, bir türlü anlayamazdık. Karışmazdık da zaten, bedenlerimize bile başkalarının sahip olduğu o iki katlı evde, olsa olsa yalnızca odalarımız bizimdi.

Benimkinin penceresi bahçeye bakardı. Dut ağaçlarını görürdüm oradan. Kimi zaman kuşlar havalanırdı dallarından, kanatlarının gölgesi tozlu camların yüzünden hışırtıyla geçerdi ve yüreğime kuş oyuklarıyla dolu bir bakımlık gökyüzü bırakırlardı. Onlar gidince, oğlumu düşünürdüm nedense, burnunu göğsüme gömmüş de aniden hıçkırmış gibi ürperirdim. Ardından da, kuşlarla çocuklar arasında bir benzerlik olduğu kanısına varırdım. Gene de, bu tür şeyleri düşünmeye pek zaman kalmazdı o evde. Akşam saatlerinde aşağıdaki salon tıka basa müşterilerle dolardı çünkü ve portakal yanaklı kadın, elimizi çabuk tutmamız için telefon açıp ikide bir homurdanırdı. Oysa, o anda odamızda bulunan müşterinin ellerinden yakamızı kurtarmak hiç de kolay olmuyordu. Bir kere parayı bastırıp odaya girdiler mi, dışarı çıkmak bilmiyordu erkekler. Üstelik kimileri de kemerlerini çözüp pantolonlarını indirirken karılarından yakınmaya başlıyorlardı. Bir sürü şey anlatıyorlardı durup dururken, öyle çok, öyle çok anlatıyorlardı ki, kimi zaman onların bacaklarımın arasını mı yoksa kulaklarımı mı kullandıklarını bilemiyordum. Buraya sevişmek için değil de, kendi yaşamlarını kendi yaşamlarının uzağındaki birine anlatmak için geliyorlardı sanki.

Birçoğu da, şiddetle benim öykümü merak ediyordu. Önceleri, ev kadınlığımdan kalma bir dürüstlükle doğruyu anlatıyordum onlara. Denizaltı gemisinde görevli bir astsubayla evli olduğumu ve bu evliliği hâlâ sürdürdüğümü öğrenince şaşırıyorlardı. İnanmıyorlardı tabii, ağızlarının kenarına yığılıveren iğreti bir gülümseyişle hiçbir şey demeden bomboş bakıyorlar ve sevişmenin önemli bir bölümü eksik kalmışçasına, bir veda öpücüğü ya da yine gelirim sözü vermeden kalkıp gidiyorlardı.

Bir süre sonra, onların bu tutumlarından bıkıp usanmıştım. Benim öyküme inanmayışları fenâ hâlde gücüme gidiyordu doğrusu. Bu yüzden, gerçekleri elimin tersiyle bir kenara itip yepyeni bir yaşam öyküsü uydurdum onlara. Koca bıyıklı zalim dayılar kattım geçmişime, gidip de dönmeyen vefasız kocalar, ölmüş anne babalar ve aslı astarı olmayan sevdalar kattım. Sonra, hırpalattım onlara kendimi, gece ortalarında acımasızca kapı dışarı edildim, "bir kadrini bilmezin eline" düştüm, kırıldım, dövüldüm, kandırıldım, sokaklarda meteliksiz dolaştım, parklarda yattım hatta, boş arsalarda, çöplüklerde yattım ve dolmuş şoförleri geçti bacaklarımın arasından, simit satıcıları geçti, sonra kuyumcu çırakları, memurlar, demir tüccarları ve tombalacılar geçti... Derken, bir gün portakal yanaklı kadın çıktı karşıma ve alıp beni buraya getirdi. Gecenin karanlığı altında kanatsız bir gece kuşuydum artık ben, sokaksız bir sokak kuşuydum, ya da dünyanın içinde kaybolmuş bambaşka bir kuştum.

Ben bunları anlatınca, "Kuşum benim, talihsiz kuşum..." derdi kimileri.

Kimileri de, anlattıklarımı, karılarını ya da bacılarını dinlercesine dinleyip sulu gözlerle uzun uzun susar, iç çekip üzülür ve bana acırdı. Acımak, acayip derecede rahatlatırdı onları. Gene de ben, ısrar edilmedikçe anlatmazdım bu öykümü. Daha çok, sevişmeyi düşünürdüm. İlk günlerde içimde öylesine güçlü bir istek duyardım ki, erkeklerin alkol kokulu nefeslerinden, burun deliklerinden sarkan kıllardan ve sevişirken çıkardıkları hayvansı seslerden bile zevk alırdım. Bu tür şeylere hiç mi hiç özen göstermeyişleri, hoşuma giderdi benim. Bir yandan da, bedenlerinin ağırlığını üzerimde hissettikçe, dişiliğimin yüzlerce erkeğin tenine sinerek bütün şehre dağıldığını, giderek her şeye bulaştığını ve artık her köşede yaşamaya başladığını düşünüp sevinirdim. Bu sevincin verdiği rahatlıkla dişiliğimi kıvrım kıvrım açardım önlerine ve bedenimdeki tatları onların bozulup dağılan yüz çizgilerinden izlerdim. Kalçalarını titrete titrete üstümde boynu uçurulmuş horoz gibi çırpınışları, göbeklerini bir yandan öteki yana devirişleri ve alınlarında biriken ter damlacıklarıyla birlikte ölü gibi uzanıp kalışları günlerce aklımdan çıkmazdı.

Hatta, Gülnida'ya, Cansel'e ve Alev'e "Sizin de unutamadığınız oluyor mu kızlar?" diye sorardım da, hep birlikte bana doğru bakıp gülüşürlerdi.

Anlaşılan, onlar erkeklerin yataktaki hareketlerine hiç dikkat etmiyorlardı. Bir zaman sonra, ben de onlara benzedim gerçi; önce gözlerini kaybettim yatağıma girip çıkanların, kapımı tekmeleyenlerin bacaklarını, memelerimi ısıranların ağızlarını kaybettim. Derken, bütün erkekler birbirlerine benzemeye başladılar. Beden boyutunda birer boşluktular artık; bacaklarımı açıp onların altına yattığımda, üstümde bir başka bedenin ağırlığını bile duyamıyordum. Kendi kokularım geliyordu artık burnuma, tenime kendi sıcaklığım yayılıyordu.

Derken, istekleri bitip tükenmeyen koca göbekli bir müşteriyi hep birlikte kapıya kadar uğurladığımız gün, denizci giysileriyle bir adam girdi bahçeye. O, dut ağaçlarının gölgesindeki yıldızların, hüsnüyusufların, hercaimenekşelerin ve zambakların arasından geçip kapıya doğru yürürken, ben içeri kaçtım hemen, merdiven basamaklarını korkuyla çıkıp odama girdim ve yatağa yüzükoyun uzandım. Korkumu yenmek için, kocam olamaz, hayır kocam olamaz, diye geçirdim içimden. Gerçi, görebildiğim kadarıyla bedeninin cılızlığı onunkini andırıyordu ama, kim bilir kimdi. Bekârdı belki, denizaltıda değil de bir muhripteydi, aylardır İtalya senin Pire benim dolaşıyordu; kazan dairesinin kiri sinmişti gömleğinin yakasına; karaya çıkar çıkmaz kadın çekmişti canı; sokaklarda yürümüştü bir süre, deniz gibi dalgalanan adımları ve bakışlarıyla yürümüştü; sonra, işte böyle yürürken birdenbire cebindeki portakal yanaklı adresi hatırlamıştı; içinden, minnet yüklü bir selam çakmıştı adresi veren arkadaşına ve bir taksi çevirmişti hemen, alelacele buraya atmıştı kendini. Kuşkusuz, deliler gibi sevişecekti az sonra; dalgalar gibi, balıklar gibi sevişecekti. Ama, ben sevişmek istemiyordum onunla. Kim olursa olsun, sırtında kocamın mesleğini taşıyordu çünkü; duruşunda onun duruşunu, yürüyüşünde onun yürüyüşünü taşıyordu.

Kulağım merdivenlerdeki ayak seslerinde, öylece uzanıyordum.

Seslere bakılırsa, yukarıya iki kişi tırmanıyor olmalıydı. Her şeyi güzelleştirmeye çalışan bir şeyler mırıldanıyordu biri. Ayak seslerinin yarısı aşağıya indi sonra, öteki yarısı, çıplak duvarlarda yankılana yankılana odama doğru yaklaştı. Ben de, yataktan kalktım hemen, parfüm şişesinin üstündeki yazıları okudum hiç gereği yokken, gidip aynaya baktım, sürahinin yerini değiştirdim ve saçlarımı avuçlayıp birkaç kez omuzlarımın arkasına attım. Farkında olmadan, gelen erkekle sevişmeye hazırlanıyordum sanki. Oysa, ayak sesleri kapının önünde durmuştu ve aradan uzunca bir süre geçmesine rağmen kapı hâlâ açılmıyordu. Soluğumu tutmuş, ben dikkatle oraya bakıyordum.

Gene de, yıllarca açılmadı o kapı; portakal yanaklı kadınla birlikte hepimiz biraz daha, biraz daha yaşlandık içeride; bu arada genç müşteriler dadandı evimize, durup dinlenmeden sevgililerini anlatıyorlardı onlar da ve Gülnida bunlardan birine sevdalandı durup dururken; kömür karası saçları vardı bu çocuğun, hukukta okuyordu, karlı bir akşam vakti çıkıp gittiler birlikte, Gülnida'nın yanında umutları vardı giderlerken, çocuğunsa geleceği vardı; onların gidişlerinden sonraydı, Alev bıçaklandı kasığından, düşünde değil, bu kez yatağında bıçaklandı ve kâğıt tüccarı denen orospu çocuğu pantolonunu kucağına alıp bıçağından kan damlata damlata güpegündüz dışarı attı kendini; polise bildiremeyiz anam, bildiremeyiz, dedi portakal yanaklı kadın; bu yüzden Alev'i müşterilerimizden hapşırıklı bir doktor tedavi etti, yedi dikiş attı kasığına ve sonra evimiz pembeye boyatıldı Alev'in bıçaklanmasında bütün suç mavininmiş gibi, gene de iyi oldu pembe, vallahi iyi oldu ve bahardı boyacılar geldiğinde, aralarında da zeytin gözlü dilsiz bir çocuk vardı ama işleri kısa sürdü ne yazık ki ve pembeler, belki de bu yüzden, daha kış bastırmadan soldu, tahta oymalar tozlandı içeride, saçlarımız seyreldi ve benim oğlum ilkokulu bitirip ortaokula başladı, sonra ben yatağımın yerini değiştirdim odamda ve bütün bunlar olup biterken dut ağaçları birer karış daha büyüdüler.

Ben soluğumu tutmuş hâlâ kapıya bakıyordum. Sonra yavaş yavaş aralandığını gördüm onun. Aralanınca, önce uzak diyarlardan kopup gelen yosun kokuları girdi içeri, rüzgârlar, yanıp sönen balık parıltıları ve uçsuz bucaksız ufuklar girdi. Denizci giysilerinin içindeki adam bunların ortasında durmuş, incecik gülümsüyordu.

"Merhaba Nurdan," dedi özlem dolu bir sesle.

Korkudan donup kalmış, öylece ona bakıyordum.

Artık kocam olduğundan kuşkum yoktu.

Bir an, her şeye geç kaldığımı düşündüm o sırada; dut ağaçlarının gölgesinde yatan köy evimiz hızla geçti gözlerimin önünden, oğlum hızla geçti ve geçerken yüzü babamınkine karıştı, sonra köy bekçisini hatırladım nedense, yıkadığım çamaşırları, kibrit çöpünden yapılmış denizaltı maketini ve balkondan gördüğüm o çılgın adamı hatırladım. Ardından da, gözlerimi kocamın gözlerine diktim ama, burada ne aradığımı soran küçük bir ışıltıya bile rastlayamadım. Tam tersine, kocam korkuyla şaşkınlık arasındaki dağınıklığımı gördükçe gülümsüyordu.

"Sormayacak mısın?" dedim kupkuru bir sesle.

"Neyi sormam gerekiyor ki?" diye mırıldandı.

Ceketini çıkarıp sandalyenin arkasına asmıştı. Gömleğinin düğmelerini de çözdü sonra, pantolonunun fermuarını ağır ağır indirdi. Onun bu kadar vurdumduymaz olabileceğini düşünemiyordum. Ürkek adımlarla yatağa doğru yürüdüm. Ne yapıp nasıl davranacağım onun hareketlerine bağlıydı. Yatağın ucuna ilişip beklemeli miydim, soyunmasına yardım mı etmeli, yoksa bir fırsatını bulup kendimi dışarı mı atmalıydım, hiç bilemiyordum. Gerçi, o öyle çabuk soyunmuştu ki, istesem de bunların hiçbirini yapamazdım.

Yataktaydık artık ve o, tıpkı öteki erkekler gibi kaba okşayışlarla seviyordu beni, zaman zaman karşı koyduğum hâlde oramı buramı ısırıp canımı acıtıyordu. Rol yaptığından emindim, kesinlikle bir şeyler tasarlıyordu o sırada. Belki bir süre sonra kalkacak, var gücüyle fahişe olduğumu haykıracak, sonra da tıpkı filmlerdeki gibi cebinden çıkaracağı bir tomar parayı suratıma çarpıp gidecekti. Tabancasına sarılacaktı ya da, namluyu alnıma dayayıp tetiği peş peşe çekecekti. Direncini yitirmiş gül yaprakları gibi odanın her yanına dağılacaktı kanım, saçlarımdan bir tel havalanacaktı sessizce, kıvrıla büküle uçacaktı boşlukta, evet uçacak ve belki de gidip kocamın çıplak omuzlarına konacaktı.

Bütün bunlardan sonra, portakal yanaklı kadın cesedimi kim bilir nerelere kaçıracaktı kaçak bir mal gibi? Polise bildiremeyecekti hiç kuşkusuz; olmaz anam, diyecekti Cansel'e, bildiremeyiz.

Kocamın elleri, kocaman iki böcek devinimiyle yavaş yavaş ilerleyerek kulak memelerimin arkasından boynuma doğru kaymıştı. Beni boğmayı tasarladığını işte o zaman anladım. İçim titredi birden. Telâşlanırsam her şeyin altüst olacağını biliyordum. Bu yüzden, sevişmenin gereklerinden biriymişçesine kurtulmaya çalıştım altından. Bir yandan da, dudaklarımı burka burka dudaklarını emip, çok sevdiği dil oyunlarıyla onu oyalamaya çalışıyordum. Sonunda yenik düştü tabii, altıma sere serpe uzanıp kendini şehvetin sularına bıraktı. O hâliyle, batmak üzere olan yorgun bir denizaltıya benziyordu. Bu sırada ben dizlerimi iyice büktüm. Amacım, bedenimin ağırlığını onun göbeğine yığarak kıpırdanmasını engellemekti. Görünüşe göre, artık her şey hazırdı. Derin bir soluk aldım. Sonra, birdenbire doğrulup göbeğine oturdum ve hiç vakit kaybetmeden ellerimle boğazına sarıldım. Bütün gücümle sıkıyordum! Cılız bedenini ellerimden kurtarabilmek için debeleniyordu altımda, mosmor kesilen yüzü, büyüyüveren gözleri ve hırıltılarıyla kurbanlık koyunlar gibi debeleniyordu. Ben bırakmıyordum tabii, bırakmayacaktım! Ağzından fışkıran hırıltılar odanın her yanına saçılmış, kapı kolunu titretip perdeleri dalgalandırmaya başlamıştı. Dışarıdan uğultular geliyordu bu sırada, birileri oradan oraya telâşla koşuşturuyordu sanki. Çok önceden, belli zamanda konuşup belli zamanda susmayı kararlaştırmışlarcasına, sesler bir parlayıp bir sönüyordu. Ne dedikleri anlaşılmıyordu bir ağızdan konuştukları için, yalnızca boğuk ve uzak bir ses bulutu kapıya dayanıp dayanıp geri çekiliyordu.

Birkaç dakika sonra, hırıltıları kesildi kocamın, gözleri dondu, bacakları kasıldı. Parmaklarımı boynundan çözdüğümde ter içindeydim. Yataktan indim usulca. Denizci giysileri hâlâ sandalyenin üstündeydi. Titreyen bacaklarımla kapıya doğru yürürken, göz ucuyla kısacık baktım onlara. İstesem de daha fazla bakamazdım zaten, dışarıdaki uğultu oldukça büyümüştü o sırada ve ben şiddetle birilerini görmeyi arzuluyordum. Gülnida kapının arkasında olmalıydı, Alev orada, Cansel orada ve portakal yanaklı kadın onların yanında, ayakta, telâşlı ve korkulu olmalıydı. Sesleri işitmeme rağmen hâlâ ne dediklerini anlayamıyordum. Belki de, gerçekten bir kuştum artık; kuşlardan daha hafif, kuşlardan daha özgür bir kuştum. Olsa olsa, yalnızca kanatlarım yoktu. Bu nedenle, kapıyı açar açmaz yere yığılıp kalmıştım.

Isparta halılarıyla döşeli salona götürüldüğümde, çırılçıplaktım. Kadınlar getirip mavi çizgili bir çarşaf attılar üstüme. Hepsi, korku dolu gözlerle bana bakıyordu. Sonra, erkekler geldi erkek seslerinin arkasından. Çevremde yüzlerce el, yüzlerce ayak, yüzlerce yüz vardı. Hiçbiri durduğu yerde durmuyordu. Bir bölümü oda kapısının önüne birikmiş, kendi aralarında, fısıl fısıl konuşuyorlardı. Oturduğum kemik renkli kanepeden arada bir odayı ve yatağın üstündeki ölüyü görebiliyordum.

"Portakal yanaklı kadın nerede?" diye mırıldandım bir ara.

Kimse yanıt vermedi.

Pencereye koştum sonra.

Dışarıda ne bahçe vardı, ne dut ağaçları.

Org

Saatlerdir onları bekliyorum.

Gelmediler hâlâ.

Oysa, dün gece barda, terastaki masalarına bira götürdüğümde ikisi de kararlıydılar. Kız, önündeki bardağın buğusunu sevişmelerden yorgun düşmüş parmaklarıyla ince ince silerken "Artık şu orgun çaresine bakalım," diye mırıldanmış, öteki de gözlerini yıldızlara dikip başını sallamıştı. Sonra bana dönmüş ve; "Beybaba, bize duble patates!" demişti.

Bugün burada buluşacaklarını da patatesi götürdüğümde öğrenmiştim.

İkisi de, bileklerinde pahalı birer saat taşıdıkları hâlde zamanı kullanamadıklarını kanıtladılar şimdi. Oysa, şehrin ortasındaki saat kulesini yıkmaya kalksalar, protesto gösterilerine içtenlikle katılırlar; belki bu uğurda coplanmayı, kelepçelenmeyi, hatta içeride üç beş gün dövülmeyi bile göze alabilirler. Başkaldırı onların yaşam biçimi çünkü, ayakta kalmayı ancak bu yolla başarıyorlar. Biri gelinlikler, gecelikler, dantelli çamaşırlar ve sim ışıltılarıyla dolu uğultulu bir çarşıda arada bir ortadaki havuzun sularına gözlerini dikip çocukluk yıllarını düşleye düşleye modaevi işletiyor, öteki kapı kapı dolaşarak ansiklopedi pazarlıyor, ya da ikisi her gün değişen onlarca insanla cinli votkalı akşamlar yaşıyorlarsa, bütün bunları durup dinlenmeden yinelenen başkaldırılarına borçlular.

Şimdiye dek, başkaldırılarının hışmına uğramayan tek şey orgdu. Geçmiş yılların hatırına, ikisi de ağızlarını açmıyorlardı uzun süredir. Orgdan söz etmek, ihanet gibi bir şeydi gözlerinde, ona düşsel olarak dokunmak bile içlerini sızlatıyordu. Bütün çocuklukları org sesiyle doluydu çünkü; şu bahçedeki kirazlar onun sesiyle tatlanmış, çiçekler onunla açmış, çaylar onunla demlenmişti yıllarca. Gene de, bir gün orgdan söz edeceklerini ikisi de biliyordu. O gün gelmişti işte; modaevinin çekmeceleri ödenmemiş senetlerin protesto bildirileriyle dolmuş, cinli votkalı geceler kısalmış, sinirler de gerildikçe gerilmişti. Sevişmelerin rengi bile bozulmuştu hatta, ipeksi okşayışlar birer zımpara hışırtısına benzemişti. Sonunda, önce kız isyan etmişti bütün bunlara, erkek kardeşini o gün benim garsonluk yaptığım bara çağırmıştı.

Dediğim gibi, sözde, bu saatte, burada buluşacaklardı.

Hâlâ gelmediler.

İnsanların kimi zaman beni böyle yanılttıkları da olur. Kendi kendilerinin şeytanı bunlar, hiç bilinmez ne yapacakları. Gene de, şu kadarını söylemem gerekir ki, şimdiye dek hiç kimse beni yanılttığını anlayabilmiş değildir. Bu mümkün değildir zaten, hiç mi hiç mümkün değildir. Mümkün olsaydı, insanlar nasıl sevinirlerdi oysa; birer tasarı olduklarını unutup nasıl da tamamlanmış sayarlardı kendilerini. Hele bu iki kardeş, bana başkaldırdıklarını bile düşünürlerdi herhâlde. Hemencecik zafer sarhoşluğuna kapılırlardı sonra da, kendi güçleriyle büyülenir ve seçiciliklerini bir yana bırakarak, ağzı leş gibi kokan insanlarla kapı arkalarında ya da mutfak köşelerinde sevişirlerdi.

Yıllar önce ilk zaferlerini de böyle kutlamışlardı çünkü; iki kardeş aynı anda, biri buruşuk yüzlü bir badem bıyıklıyla dip odada, öteki gülünce yanaklarından tozlar havalanan on yedi yaşındaki bir dilenci kızla banyoda. Badem bıyıklıyla dilenci kızı sepetledikten sonra da, ikisi baş başa verip kırıta kırıta cin içmişlerdi. Kendilerince, belki de yaşamlarındaki en önemli başkaldırıyı gerçekleştirmişlerdi o gün. Söz birliği edip babalarının karşısına dikilmişlerdi çünkü. Ona, eve gelip giden arkadaşlarıyla kol kola girmelerine, dudak dudağa oturmalarına, ya da odalara çekilip kapıları kilitlemelerine hoşgörülü bakamadığını söylemişler ve artık bu duruma katlanmaktansa iki kardeş ayrı bir ev tutmayı düşündüklerini belirtmişlerdi.

Baba, bir çocuk sessizliğiyle dinlemişti onları. Hatta bağırıp çağırmamakla biraz da şaşırtmıştı. Çocuklarının taşındığı akşamsa, hiç alışkın değilken ceketini omzuna atıp mahalle kahvesine gitmiş, balonlaşmış gözleriyle aptal aptal televizyon seyretmiş, oturanlar bir ağızdan gülünce gülümsemiş, okey taşlarıyla iskambil kâğıtlarının seslerini dinlemiş, sonra da kalkıp sokak lambalarının dibinde soluklana soluklana eve gelmişti. Bahçe kapısının dibinde durmuştu bir süre, çevresi güllerle kaplı havuzun başına oturmuş ve suyun yüzündeki yıldızlara bakarak, üç yıl önce ölen karısını düşünmüştü. Mor dağların yıldızını. Kasaba yollarını yan yana teptikleri, kiralık odaların nemini birlikte kaptıkları, o ela gözlü küçük kadını. Sonra da, bu kadını alıp götüren o korkunç kazayı düşünmüştü. Bana göre, oldukça temiz bir işti o kaza. Baştan sona, ince ince hesaplanmıştı çünkü. İstesem, karısını soluk alıp verebilecek kadar canlı bırakarak ona yıllarca yük edebilirdim. Ama ben, onun sidik ve bok kokuları arasında org çalmasını istemedim; bir ikindi vakti, inşaatın dibinden ellerinde pazar sepetleriyle geçerlerken, dördüncü kattan oldukça dikkatli bıraktım tuğlayı, kadını gık deme zahmetine bile sokmadım. Gene de, baba, mahkemede hep dikkatsizlikle suçladı beni. Hangi açıdan bakınca? diye soramadım tabii, yargıca gerçek kimliğimi de açıklayamadım. Zaten, kendimi yaptığım role öylesine kaptırmıştım ki, bunların hiçbiri o anda aklımın ucundan bile geçmedi.

Derken, mahkemede altı yıla hüküm giydim.

Şu anda, bir yanımla hapishaneden çıkacağım günleri sayarken, bir yanımla da işte kamyonetimi yolun kenarına çekmiş, şu karşıdaki evi düşünüyorum. Bahçeye girip, havuzun başına kadar yürümek istiyorum yıllar önceki gibi. Oralarda kalan ayak izlerime bir kez daha bakmak, sonra onlara sinen babanın çırpınışlarını bir kez daha hissetmek istiyorum.

Sonunda gelebildiler.

Hırıldayıp duran kutu kadarcık bir taksiden inip bahçe kapısına doğru yürürlerken kızın gözleri bana takıldı. Eğilip bir şeyler fısıldadı kardeşine. Öteki de, yüzünü çevirip benim yaslandığım yaşlı kamyonete baktı. Yanıma geleceklerini anlayınca, birazcık da olsa toparlanmaya çalıştım.

Bir orgla birkaç parça eşyayı şehrin öteki ucuna kaça taşıyabileceğimi sordular.

Fırsatı kaçırmamak için, "Kaç lira verirseniz verin," dedim. "Taşırım."

Direksiyona geçip motoru çalıştırdım. Bahçe kapılarının hangisi olduğunu bilmediğimi sanarak, ellerini kollarını sallaya sallaya kamyoneti nereye çekeceğimi işaret ettiler. Hızlı bir kavis çizerek kapının önünde durup motoru susturduğumda, yıllar önceki orgun sesini duydum birden.

Hep birlikte yürüdük. Kızın yüzü değişmişti, barın terasındaki o yıldızlı gecede, ikisinin de dokunmaya kıyamadığı hatıralara ilk darbeyi indiren o değildi sanki, ürkek adımlarla yürüyor, bir şeyleri kırmaktan ya da kolunu kanadını bir yerlere çarpmaktan korkarcasına sürekli sağına soluna bakınıyordu. Doğrusunu söylemek gerekirse, bahçe hiç de yıllar önceki bahçeye benzemiyordu; havuzun başındaki güller çoktan ölmüş, çevresindeki beton yer yer çatlamış, kıyıyı köşeyi de vahşî otlar bürümüştü.

"Bahçe ne kadar sessiz," diye fısıldadı kız.

Öteki başını salladı gene. Oysa, köşedeki küçük odadan tatlı bir org sesi yayılıyordu ortalığa ve baba, kırmızı yün beresiyle hâlâ orada oturuyordu. Yıllar önceki gibi, havuza bakan küçük pencereden dışarı dikmişti gözlerini. Yüzünde, acayip bir rahatlık vardı. Parmaklarını tuşların üzerinden çekmediği sürece, kendi elleriyle inşa ettiği o küçük odada, tavandan sarkan örümcek ağlarının içinde sonsuza dek yaşayacaktı sanki.

Kapıyı gıcırtıyla açıp yanına vardığımızda bizi görmemişti. Erkek kardeş bana dönüp parmağını bir tabanca gibi uzatarak orgun öteki ucuna geçmemi söyledi. Odanın dibine doğru yürüdüm. Sonra, orgu tutup yavaşça kaldırdık. Parmaklarının altındaki tuşlar kapıya doğru kayarken, baba yüzünü çevirip oğluna baktı. Hüzünlü bir karanlık vardı bakışlarında. O karanlığı, orgu götürüp kamyonetin kasasına yerleştirinceye dek peşimizden sürükledik ama, kimse bunu fark etmedi.

Erkek, merdiven basamaklarını tırmanarak eve girdi sonra. Kızsa hâlâ bahçedeki odanın kapısındaydı, çakılıp kalmıştı oraya, kirpiklerini kırpmadan, bir orgun bıraktığı boşluğa, bir kırmızı bereli babaya bakıyordu.

Erkek, birkaç dakika sonra kucağında bir paketle çıktı evden ve üçümüz bahçe kapısına doğru yürüdük. Uzaklaşırken, arkamızdan sessizce bakan babaya dönüp bir kez daha göz attı kız.

"Ne aldın evden?" dedi kardeşine.

"Fotoğraf albümlerini," diye yanıtladı öteki.

Ben kamyoneti çalıştırdım.

Onlar sağıma oturmuşlardı. Anayola kadar, org sarsılmasın diye oldukça yavaş ilerledik. Sonra birer sigara yaktı onlar. Bana da ikram ettiler ama, almadım. O sırada hesaplanmış bir hıza ulaşabilmek için üst üste vites değiştirmekle meşguldüm çünkü.

Kızsa kardeşine dönmüş, "Biliyor musun?" diyordu. "O odada babamı gördüm sanki."

Korkuyla Yaralı Dört Keklik

Peki, şef merdivenleri çıkıp gelene kadar size her şeyi bir daha anlatayım.

Az önce söylediğim, "Elleri karanlıkta kalan çocuklar, dün gece masalların ne denli gerçek olduğunu düşünmüşlerdir" tümcesini ben uydurmuş olabilirim. Belki, buruşuk yüzlerle, her yöne dağılan sinsi ayak sesleri ve ten alışverişleriyle, ya da ürpertili sokak görüntüleriyle dolu karanlık öyküleri de ben uydurmuşumdur. Ama, şehirde elektriklerin kesildiğini o sabah şef söyledi. Dediğim gibi, ana trafoya gitmek için hazırlanmıştık. O, otomobilin ön koltuğuna kurulmuş, telsizle verilen emirleri dinliyordu. Kaşının tekini kaldırıp bize bakıyordu arada bir, bagaja yerleştirdiğimiz malzemeleri süzüyordu. Sonra, taş döşeli kocaman alanı geçip çıkış kapısına doğru ilerledik. Biz otomobilin içine doluşur doluşmaz camlar buğulanmıştı. Dışarıda kar vardı çünkü ve günlerden pazar olmalıydı; sisli çatıların arasından kimi zaman resmî kuruluşların göndere çekilmiş bayrakları görünüyordu.

Çıkışa yaklaşırken, kapıdaki yaşlı bekçiyi ille de görmemiz gerekirmiş gibi, camların buğusunu sildik. Bekçi, demir kolu gıcırtıyla çevirirken, mavi gözleriyle eğilip dikkatle baktı yüzümüze. Ötekiler fark etti mi bilmiyorum ama, biraz tuhaf bir bakıştı bu; kesinlikle bekçinin değildi. Onun gözlerinin ardında biz vardık sanki, anlaşılmaz bir kuşkuyla eğilmiş, kendi yüzlerimize doğru bakıyorduk. İşte, bütün gerçeği o anda sezdim ben; hayır, dedim kendi kendime, bu kez trafoya gitmiyoruz. Sonra, nereye gittiğimiz onun yüzünde yazılıymış gibi, dönüp bir daha baktım bekçiye; kolu indirip demir kapıya yaslanmış, öyle duruyordu. Benim baktığımı görünce, arkamızdan elini şöyle bir salladı ama, uğurladı mı, lânetledi mi anlayamadım. İliklerime dek ürperdim yalnızca.

Gerçi, siz bu ürpertinin bir bölümünü şehrin görüntüleriyle de açıklayabilirsiniz. Çünkü, o gün, askerî darbeden kalan ve katmer katmer kalınlaşan kapkara bir sessizlikle doluydu geçtiğimiz caddeler. Telgraf direkleri havayı kokluyordu hâlâ, duvar diplerindeki çöp bidonları gölgesizdi, kaldırımlar boştu ve köşelerde her an insanın üzerine yürüyüverecekmiş gibi gözüken bulanık tank hayaletleri bekliyordu. Bu tankların palet gıcırtıları da, büyük bir olasılıkla, bir generalin göğüs cebindeki düdüğün içindeki boşluktaydı o sırada. Gene de, insanlar kapı arkalarına kapatmışlardı kendilerini ve biz geçerken, parmak uçlarıyla perdeleri aralayıp sessizce bakışıyorlardı.

Bütün bunlara rağmen, otomobildekiler gerçeği göremediler tabii, şehirden çıkıncaya dek, trafoya gidiyor olmanın rahatlığı içinde arkalarına yaslanıp öylece oturdular. Ben, acayip derecede tedirgindim oysa. Bu yüzden, şef akşam saatlerinde evlerimize dönebileceğimizi söyleyince hiç etkilenmedim. Ama, ötekiler sevindiler buna; şefin sesi şehre kadar gitmiş de karılarıyla çocuklarına ulaşmış gibi, birdenbire rahatladılar. Hatta, şoför, hemen bir sigara yaktı kan dolaşımında gezinin sevincine yetişebilmek için. Şefin dikiz aynasına yansıyan yüzüyse, Dadaloğlu'ndan bir türkü mırıldanıyordu bu sırada. Karlı dağlar geçiyordu türküden, Avşar kervanları sarı bakışlı develeriyle yayladan yaylaya göçüyor, kıl çadırlar kurulup sökülüyor ve reddedilmiş Osmanlı fermanları, ilk dizeyle son dize arasında yırtılıp Toroslar'dan aşağıya fırlatılıyordu. Şefin yüzü, türküden yansıyan anlamlarla kendini yeniden oluşturmuş gibiydi. Sonra, Dadaloğlu'ndan payına düşen minicik bir Dadaloğlu göründü şefin gözlerinde; olanca heybetiyle salına salına geldi, kirpiklerinin gölgesindeki ela sedirlere oturdu. Bizimle birlikte yolculuk ediyordu artık, bizimle birlikte susup bizimle birlikte soluk alıp veriyordu. Kimi zaman da, kimseye sezdirmeden uçsuz bucaksız düzlüğe bakıyordu Osmanlı müfrezelerinin çıkıp geleceği yolu kolaçan eder gibi. Bilemiyorum ama, olacakları o bile anlamıştı belki, o bile, zaman denen şeyin giderek ritmini yitirdiğini bir şekilde fark etmişti.

Saatler sonra, hiç bitmez sandığımız karlı düzlüğü geçip de iki yanı kar yüklü çamlarla kaplı yola girdiğimizde, birdenbire durdu otomobilimiz. Gene de biz, hâlâ gidiyor olmanın havasından hemen kurtulamadık, bir süre kayıtsızca bekledik. Düşümüzde yol aldık yani... Sonra, burunlarımızı cama gömüp dışarı baktık. Her yer kardı. Uzaklarda, uzak kavramını kaypaklaştıracak kadar yakın görünen çok çok uzaklarda, ucundan kıyısından tüketilmiş bir orman ölüsünün yeşile çalan karaltısı vardı.

"Kara saplandık!" dedi şoför.

Şef, saatine bakıp yüzünü buruşturdu. Telsize sarılıp şehri aradı sonra, belki yüzlerce kez var gücüyle bağırdı ama, kimseden yanıt alamadı. Hepimiz, ister istemez bütün dikkatimizi onun sesine vermiştik ve gitgide, sesin derinliklerinde yatan şefin korkusunu sezmeye başlamıştık. Aslında, ses şefin kendisine de korku veriyordu belki, zorunlu olmasa susacak ve sessizliğin içine saklanacaktı ama, bunu yapamıyordu. O bir şefti ve o anda yüzünde yalnızca kendi ağzını değil, bizim ağızlarımızı da taşıyordu çünkü. Telsizin üzerine kapanmış, durup dinlenmeden bağırıyordu bu yüzden. Şoförse, ellerini yitirmişçesine perişandı; inip tekerleklerin altındaki karları eşeliyor, açtığı çukurlara dal döşüyor, direksiyona geçip motoru çalıştırıyor, otomobili vınlatıyor, vınlatırken ön camdan fırlayıp gidecekmiş gibi sürekli yekiniyor, ama bütün bunlardan hiçbir sonuç alamıyordu. Alamayınca da, gözlerini şefin yüzüne dikip çaresizce bakakalıyordu. Hepimiz susuyorduk böyle anlarda. Zaman durmuştu sanki; ya da zamanı zamansız bir şey ağzına almış, kocaman devinimlerle hapır hupur geveliyordu.

Sonunda, otomobilin aküsü de boşaldı.

Akşam saatleriydi sanıyorum, otomobili kurşunlanmış bir at gibi oracıkta bırakıp geldiğimiz yöne doğru yürümeye başlamıştık. Ne kadar yürüdük, bilmiyorum. Her adımda genişleyen uçsuz bucaksız bir beyazlığın içinde gezine gezine yüksekçe bir tepeye gelmiştik. Bir süre durduk orada. Yükseğe çıkmak, uzakları görebilme umudu vermişti hepimize; bu yüzden midir nedir, gözlerimizi kısıp ellerimizi alnımıza koymuş, şehri arıyorduk. Onca bakınmamıza rağmen, onun nerede olduğunu bile kestiremedik tabii. Kar bütün yönleri silip süpürmüştü zaten ve biz, gökyüzünün karanlığıyla yeryüzünün beyazlığı arasına sıkışıp kalmıştık. Şef, elindeki telsize "Kaybolduk, tamam!" diye bağırıyordu bu kez ve onun her bağırışında biz biraz daha kayboluyorduk.

Bir ara, dizüstü çöktü şef, yorulmuştu artık, sesi kıymık kıymık parçalanıyordu.

O anda ben, ölüm korkusuyla yaralı dört kekliğe benzettim kendimizi.

Sonra, belki de yapacak başka hiçbir şey bulamadığımız için, yeniden yürümeye başladık. Kar hâlâ yağıyordu. Kar, durup dinlenmeden yağıyordu, boynumuza kulağımıza dolarak, hatta kirpiklerimizi birbirine düğümleyerek yağıyordu; neden yağdığını düşünmemize fırsat tanımadan yağıyordu; adımlarımızı körelterek yağıyordu; ağırlığını taşıdığımız umutların üstüne yığarak yağıyordu, bıkmadan, usanmadan yağıyordu ve şefin sesi ağzından çıkar çıkmaz kara dönüşüyordu artık; sessizce yere düşüyor, birikiyor ve dizlerimizi aşıp göbeğimize doğru yükseliyordu. Şef, bunları görmüyordu tabii. Mecalsiz bir kardan adamdı artık o; havuç gibi kızaran burnuyla gözlerini uzak bir çizgiye dikmiş, düşe kalka yürüyordu.

Derken, bir dere çıktı karşımıza. Onu izlemeye başladık. Şimdi, ne ne kadar izlediğimizi biliyorum, ne de nereye ulaştığımızı. Ardıçların arasında bir yerdeydik.

Şef yıkılmıştı.

Koşup kaldırdık hemen, mosmor bir yüzle, zangır zangır titriyordu. Kar aydınlığında dört yana dağılıp kuru dal topladık sonra; cebimizde ne kadar unutulmuş mektup, otobüs bileti, elektrik faturası ve senet varsa ince ince yırtıp orta yere yığdık. Ardından da, şefi tutup hantal bir karaltı hâlinde, ateşin başına sürükledik. Isındıkça yumuşadı kirpikleri.

Gözleri açıldı ısındıkça. Açılınca da, bir süre baktı öylece. Ateşin gözüne baktı, orada bir şeyler görür gibi.

"Uyumayın," diye mırıldandı sonra, "sakın ola ki uyumayın!"

Ben son sigaramı yakmıştım o sırada. Bir yandan da, şehirdeki bekçiyi düşünüyordum. Onun, ne edip edip bir şekilde bizimle birlikte buralara kadar geldiğine inanıyordum. Ya da, bizi adım adım izlediğine. Belki de, otomobilde, şoförün ruhuna sızarak onun kollarından kollarını uzatıp direksiyonu da tutmuştu ve öyle bir yola sürmüştü ki bizi, sonunda kara saplanmıştık! Sabahtan beri yanımızdan kaç kez geçmişti kim bilir? Havadır demiştik ona, sudur demiştik; sigara dumanıdır, sestir, ya da kar tanesidir sanmıştık. Öyle tanıdık görünmüştü ki bize, tanıyamamıştık bir türlü. Ne isterdi bizden, bilmiyordum. Bildiğim şu ki, ateşin başında otururken, yalnızca korkuyordum ben. Ötekiler de korkuyordu aslında. Bu yüzden, yaşlı bekçiden söz edemiyordum onlara; korkularını çoğaltmanın gereği yoktu durup dururken, zaten yüzlerindeki korkuyu zor taşıyorlardı.

Şafak sökerken, şef uyumuştu.

Ötekiler, hiçbir şey yapmadan, uzak birer yüzle öylece bakıyorlardı. Onun ölmesini bekliyorlardı sanki. Bunu anlayınca, ben telâşla fırladım yerimden, telâşla kolunu bacağını kıpırdattım şefin, parmak uçlarımla yanaklarına minicik tokatlar attım. Ötekiler tuhaf bakışlarla beni izliyorlardı, kendilerini tutmasalar güleceklerdi belki ya da hüngür hüngür ağlayacaklardı, evet, kesinlikle ağlayacaklardı. Sonra ben onların bakışları altında ne kadar süre didindim, bilmiyorum. Şef uyanmıştı. Hiç de ötekiler gibi bakmadı yüzüme.

Ela gözlerinde tatlı bir ılıklık vardı. Öyle ki, ellerimi uzatsam ısınabilirdim o ılıklıkla. Hiç üşümeyebilirdim.

"Gidelim mi artık?" diye sordum.

"Gidelim," dedi şef.

Ötekiler, karların üstüne oturmuş, bize bakıyorlardı. Çok yalvardım onlara, burada donacaksınız dedim, hadi kalkın gidiyoruz dedim, bakın şefle biz yola düşüyoruz, neden söz dinlemiyorsunuz, o sizin de şefiniz değil mi, dedim. Saatlerce dil döktüm işte böyle, hatta kollarından tutup birkaç kez asıldım ama, yerlerinden hiç kımıldamadılar. İkisi de şefin öldüğünü ileri sürüyor, bir yandan da elleriyle karları toplayıp koca bir yığın hâline getiriyorlardı.

Sonunda, topladıkları karlar yere uzanmış bir adama benzedi. Başına dikilip uzun uzun baktılar ona. Hem de, öyle uzun ve öyle derin baktılar ki, dayanamayıp ağlamaya başladılar. Zavallılar, o kar yığınının şef olduğunu sanıyor, bu yüzden de ona sarılıp sarılıp ağlıyorlardı.

Onlar böyle ağlayıp gözyaşı dökerken, şef benim yanımdaydı oysa, dimdik ayaktaydı. Öfkeyle bakıyordu onlara, üzülerek, acıyarak, sitem ederek bakıyordu. Hatta bir ara, hadi düşün peşime dercesine bir el hareketi de yaptı. Ötekiler, yerlerinden gene kımıldamadılar tabii. Şefin öldüğüne öyle inanmışlardı ki, bizim dediklerimizi işitmiyorlardı bile.

Onları orada bırakmak zorundaydık. Şef, bir süre sonra peşimize düşeceklerini düşünüyordu belki, bilmiyorum. Benim bildiğim şu ki, peşimize düşen müşen olmadı. Biz şefle birlikte yürüdük. O önümdeydi, izlerini izlerimle örte örte ben de onu izliyordum.

Çok tepeler aştık sonra, çok dereler geçtik, çok düzlükler yürüdük. Derken, şef şehre yaklaştığımızı söyledi. Birkaç adım önümde, düşe kalka yürüyordu gene burnu kızarmış, gözleri kısılmıştı.

"Şehre yaklaştığımızı nereden anladın şef?" diye sordum ona.

Eliyle uzakları gösterdi.

"Yaşlı bekçinin gözlerini görüyorum sanki!" diye bağırdı.

Koşmaya başladı sonra. Ben de koştum peşinden. Bekçinin gözlerini ben de görüyordum çünkü; beyazlığın içinde, iki mavi pusula gibi ışıldıyorlardı.

Taş döşeli alanı geçip merdivenlerin başına geldiğimizde, birden durdu şef.

Soluk soluğa kalmıştı.

Yukarıya önce benim çıkmamı emretti.

Sevinçle çıktım.

Sahi, şef hâlâ neden gelmedi?

Ölü Zaman Gezginleri

Gözlerimi dünyayı ürkütmekten korkarcasına yavaşça açtığımda, ortalığı kahve kokusu sarmıştı.

Dağın tepesinde, Doğu heykelleri kadar hareketsiz, öylece oturuyorduk gene. Daha doğrusu, ben her zamanki gibi gri sakallıya bakarak kendimizi bir şeylere benzetmeye çalışıyordum. Sözgelimi, bitmiş bir şölenden bedenlerini alıp gitmeyi unutmuş, zamanın dışında ve yapayalnız üç tanrıya benzetiyordum bir an. Ne var ki, gri sakallıya baktıkça bu gerçek değişiyordu. Çünkü, onun yarım bedeni, sise gömülen yüzü, birer karışlık kolları ve silik omuzları, değil tanrıyı, bir insanı tamamlamaya bile yetmiyordu. Bu hâliyle o, daha çok, hızla kaybolmak ya da bulunmak üzere olan tuhaf bir nesneyi andırıyordu.

Tanrı değiliz, diyordum ben de kendi kendime.

Zaten, elimizi yüzümüzü oluşturan çizgiler, yaratılanın yaratanda bıraktığı izlere uzaktı. Üstelik, içimiz hiç de bir tanrınınkine benzemiyordu; her şeyden önce, yaşayan her canlı gibi acıkmıştık; belki bira bile istiyordu canımız ve şehirlerin gürültüsünden uzaklaşmış olsak da, belleğimizdeki hatıralardan –yani geleceği ele geçirmek adına geçmişe saçıp savurduğumuz kendimizden– henüz kurtulamamıştık.

Oysa şehirler, hatıralarımızı süsleyen dostlarımızla birlikte kim bilir nerelerde kalmıştı şimdi, hâlâ var mıydılar, insanlar yiyip bitiriyorlar mıydı onları dalgın fareler gibi, çöpler ve kuşkular sevdiklerimizin üstüne doğru hızla çoğalıyor muydu gene? Bilmiyorduk. Artık, bilemezdik de; geçmişi küçük anlarda, geleceği de düşlerde arayıp bulmaktan başka seçeneğimiz yoktu.

Sözgelimi, sisten önce gördüğümüz en belirgin şey titrek dallı ağaçlardı. Yapraksızdılar ve şu anda bile toprağa kuş ölüleri dökerek belleğimizde gökyüzüne ihanetlerini sürdürüyorlardı. Onların gerisinde, en az onlar kadar titrek ve titreklikleri kadar da yorgun topraklar uzanıyordu... Bomboş topraklar. Çiftçiyi bir ucundan bıraksan, insan kıpırtısının doğayı ve insanı baştan çıkaran sıcaklığını öteki uca götüremeden kaybolur; yılanı akıtsan geri döner gölgene; gidemem, der, derinlik bakışlarımdan derin...

Ama, biz hiç düşünmeden geçmiştik o toprakları. Öyle hızlı yürümüştük ki, yürüyüp yürümediğimizi bile hatırlayamıyorduk şimdi. Birdenbire dağın tepesinde bulmuştuk kendimizi. Sisin içinden ellerini uzatmıştı da, bizi çekmişti belki dağ; ya da şehir, hemen hemen her şeyiyle tutup bizi sırtımızdan itmişti. Sonra, şimdiki gibi, yıllar geçmişti üstümüzden. Açlık yılları... Kim bilir, bir o kadar da susuzluk, sevgisizlik ve sessizlik yılları yaşamıştık. Gene de bunları konuşamıyor, konuşmayı bile düşünemiyorduk. Dünyayı sarıp sarmalayan sis her şeyi örttüğü için nesnelerin yokluğu dilimizi köreltmişti belki de. Ya da, şiirlerde, romanlarda, resimlerde aradığımız ve ansızın karşımıza çıkıvereceğini sandığımız bulunmaz'ı bulmuştuk dağa çıkmakla; amacımıza erişmek sözcükleri anlamsız kılmıştı bir an, artık beynimizde yeni bir bulunmaz'ın hasreti başlayıncaya dek konuşmayacaktık.

Oysa, bulunmaz'ı doğuracak yaşamı sisin ötesinde insanlar yeniden biriktiriyorlardı şimdi ne biriktirdiklerini bilmeden (çünkü en doğurgan birikimler bilmeden biriktirilenlerdir); sözgelimi, bir senet türü geliştiriyorlardı ticarî yaşamın labirentlerini daraltarak; ya da bindikleri minibüse bir nazar boncuğu daha takıyorlardı daha önce takılanı olağan bakışlarla süzerek ve kendilerinden çok başkalarını merak ediyorlardı. Öyle ki, aynalı çarşılar kuruyorlardı şehirlerde ve tutup o çarşıları türkülere sokuyorlardı sonra ve her gün gelip geçtikleri besmeleli, ıslak ve pahalı çarşılardan çok türkülerdeki çarşıları seviyorlardı.

Yaşamı biriktirenler yalnızca bize yeni bir bulunmaz doğursun diye biriktirmiyorlardı kuşkusuz; kimileri vardı ki o yaşamın içinde, bulunmaz'ı bulmak için yaratıldıklarına inanan birer sürek avcısıydılar ve henüz sözcüklerle sınırlandırılmamış olan her şeyin peşindeydiler. Gene de, avcıların yazı makinesinin tuşlarında, renklerde, kameranın açısında ya da bir heykelin duruşunda aradıkları o şey, karlı dağlar arasında inleye inleye uzun bir seferden dönen trenin boş vagonlarında taşınıyordu belki kimi zaman; istasyonda trenden kimsenin inmeyişine dönüşerek peronda bekleyen bir çocuğun gözlerine aktarıyordu kendini; oradan, şehrin sokaklarına dağılıyordu yavaş yavaş; seyyar satıcıların kömür, okul defteri ve rakı parası kokan seslerine girip çıkarak ve kendini dokunduğu her şeyde bir başka şeye dönüştürerek evlerine giden memurların ellerine bulaşıyordu sonra, kapı kollarına, ellerden gözlere, gözlerden balkonlara, balkonlardan sarkan fesleğenlere, çamaşırlara, çamaşırlardan tenlere ve tenlerden duygulara bulaşıyordu. Fark edilemeyişi o gün de adsız bırakıyordu onu. Gene de o, ertesi sabah şehrin herhangi bir noktasından –sözgelimi, sizin ellerinizi cebinize atışınızdan– yansıyıp, bitip tükenmez serüvenini sürdürmek ve yakalanmayı beklemek için, evlerin eşiğinden süzülerek uykulara, hatta uykuların ötesindeki dünyalara bile sızıyordu.

Bizse susuyorduk.

Havada, belli belirsiz bir kahve kokusu. Aslında, bu koku olmasa, her şey dağa ilk çıkışımızdaki gibi. Gene, her yer sis... Dağ bile dağlığını tek başına yaşıyor neredeyse, görüp işiteni yok; kendini kendi onaylamak zorunda. Biz de, sessizliğimizle gitgide ona benziyoruz sanki; şeyi şeyle tanımladığımız yıllardan kalan sözcükler dilimizin ucunda buruk birer tat şimdi. Belki de onlardan oluşmuş bir geçmişte yaşıyorduk biz; dağa çıkışımız, kaçış umudumuzu dağ sözcüğüyle süslemekten başka bir şey değildi. Her şeyi silip süpüren sisse, geleceğe sarkan düşlerimizin yanlış yorumlarından yaratılmış bir körlüktü. Biraz sonra uyandığımızda, her şeyin ortasında her şeyle alışveriş hâlinde bulacaktık kendimizi belki de. Bir sokakta yürüyor olacaktık sözgelimi; eczanelerle, afişlerle, kalın kalın sloganlarla, bankalarla, marketlerle ve biracılarla dolu bir sokakta.

Daha sokağa girer girmez, herhâlde görüntülerimiz vitrinlere yansıyıp insanları bekleyen ceketlerin, fularların, şapkaların ve eldivenlerin arasından bizi taklit ederek yürüyecekti. Tabelaları okumak istemediğimiz hâlde okuyacaktık gene; belki üçümüzden biri, onlardaki harf karakterlerinin bakış açılarımızı paslandıran birer gizli mengene olduğunu düşünecekti. Sokakta, birdenbire dilenciler görünecekti o böyle düşünürken; duvar diplerine oturup kısık gözlerle süzeceklerdi bizi. Taşıdıkları umut, yürüyüş şeklimize göre dalgalanacaktı bir süre. Sonra, sarhoşlar geçecekti sokaktan, kaset satıcıları, domates biber taşıyan külüstür kamyonetler, simitçiler ve piyango bileti satan beyaz şapkalı adamlar geçecekti. Onların ardından da, zincir şakırtılarıyla silah sesleri geçecekti hiç kuşkusuz.

Bunları görünce, biz içimizdeki sokaklara sapacaktık hemen; sanat merkezlerinin, kitapçıların, tiyatro salonlarının ve çiçekçilerin önünden yürüyecektik. Hangi sokakta olduğumuzu şaşıracaktık bir an, düşte mi, gerçekte mi derken, önümüze fırlatılan yumruk iriliğindeki tükrük ve onu izleyen berbat bir gırtlak temizleme sesi içimizdeki sokaktan alıp yürüdüğümüz sokağa getirecekti bizi. Sokak, başka bir sokağa dalacaktı sonra ve gitgide, kaldırım taşlarını okuyarak geçen türbanlı kızların yüzünü andıracaktı pencereler, gözlerimiz pencerelerin duruşuna benzeyecekti baka baka, baka baka sokağın mimarîsi sızacaktı yürüyüşümüze. Biz de, birilerinden intikam alır gibi, ama hiçbir şeyin farkında olmadan, çocukluğumuzdan bu yana belli renklere koşullandırılan duygularımızla çiçekçilerin yaşamına sızacaktık gizlice; onların çiçek soğanı seçen parmaklarının ucuna dek yürüyecektik, hatta bir bakıma, çiçekçideki onca çiçeğin içinden karanfilleri yakamıza takıp geçecektik.

Kimileri, kurşun yarasına benzetecekti onları; büfelerden, otobüs duraklarından, ya da barların buğulu camlarından bir militana yakışan gözlerle bakacaklardı yakamızdaki kızıllığın görüntüsünde yoğunlaşan geçmişlerinin uğultusuna. Yıllardır dürülü duran bir pankart açılacaktı içlerinde, dışarıdan okunabilirmiş gibi telâşlanacaklardı hemen, bira bardağının buğusuyla ilgileniyor görüneceklerdi ve tam bu sırada, her şey yerli yerine oturtulup o anki akışına uydurulmuşken, toy bir silah patlayacaktı belleklerinde. Sesi, sokaklardan taşıp buralara kadar gelecekti belki; dağ dağlığını tek başına yaşamaktan kurtulup silah sesini o kayadan bu kayaya çarparak uzun süre taşıyacaktı bağrında.

O sırada, belki gri sakallı da, yarım yamalak bedeniyle yarım yamalak ürperecekti.

Nedense, hep tanrıya benzetiyordum onu; sakalının her teli sise düğümlenmiş olan bu kalın kaşlı tanrı, yıllardır durup dinlenmeden konuşmuş konuşmuş da susuvermiş gibiydi. Ellerini apaçık göremiyordum ama, herhâlde dağa ilk çıktığımızda nasılsalar öyleydiler. Ceplerinde yani; bir cep dolusu hatıraya bekçilik eder, onları okşar, hatta onları ısıtırcasına ceplerinde. Parmak uçları, bir şehrin çatılarına dokunuyordu belki, bir kadının odaları daraltan sesine batıyordu ikide bir, dilenen gazilerin avuçlarını okşuyordu daha sonra ve oradan, buğday tarlalarını geçerek misket ışıltılarının masalsı görüntüsüne doğru kayıyordu.

Bu sırada ben, yıllar önceki şu an düşündüklerimi geçiriyordum içimden. Gri sakallı bir kayıp herhâlde, diyordum kendi kendime; kayıp olduğunu bilmediğimizden, karşımızda bir masal sandığı gibi oturmasına rağmen, onu bulamıyoruz. Dünya hâlâ sisin ötesinde dönüyor ve kaybolmak, yalnızca ortalıkta görünmemek diye yıllar önceki biçimiyle tanımlanıyorsa, birileri aramaya başlamıştı belki onu. Kim bilir, polis kayıtlarına geçiyordur ola ki şu anda adı; uzun sessizliklerle dolu bir telefon görüşmesinde anılıp nemli hıçkırıklarla heceleniyordur; ya da bir kadın, ellerini bir çift güvercin kadar günahsız sayan bir kadın, taşıdığı son kuşkunun karanlığına dikiyordur gözlerini onu bulabilmek için. Bulamıyordur tabii... Bir kapının belleğindedir şimdi o. Sokaktan gelip geçenler, bu yüzden, gri bir eksiklik buluyorlardır kapıda. Derken, bu eksiklik fark edile edile büyüyüp eşiğe damlıyordur bir gün; iç sızısı gibi günden güne derinleşip oyuyordur orayı ve gözlerini taşıdığı kuşkunun karanlığına diken kadın, eve girip çıkarlarken çocuklarının o çukura düşmelerinden korkuyordur. Çünkü yaşam birçok ad vermişti bu tür çukurlara, kötü kötü adlar, kirli kirli, acınası ve değişik; ve çocukların başları dönüp ayakları sürçerse yüzlerce çukura düşeceklerdir bu yüzden ve bu yüzden, cam dibinde oturmalara dönüşüyordur kadının korkusu, birdenbire dönüp bakmalara, ansızın ürpermelere ve dalıp dalıp gitmelere dönüşüyordur.

Sonra, gitgide derinleşen çukur çocukları yutmasın diye, onlar sırtlarında cephane sandığını andıran çantalarıyla okuldan eve dönerken, eşikten yola kadar uzanıp bir köprü oluyordur kadın; etten ve kemikten bir köprü. Ama, bu denli kimsesiz ve zorunlu bir köprülük, fenâ hâlde yoruyordur onu. Geceleri yastığa başını koyup gözlerini tavana diktiğinde, yasaların da gri sakallıyı beklediğini düşünerek, bir süre avunuyordur. Bekleyişine yasaları ortak ediyordur bir bakıma ve kim bilir, diyordur, kim bilir kaç madde, kaç fıkra, kaç bent bekliyordur onu. Onlarla birlikte, kim bilir kaç kelepçe?

Oysa, her şey boşuna, kim kimi bulabilir ki?

Gri sakallının yanındaki adama çevirdim gözlerimi; o da mı kayıptı? Yere bağdaş kurmuştu ve birileri sisi yara yara gelip bileklerine kelepçe takacakmış gibi, ellerine bakıyordu sürekli. Yeryüzünde, beyninden ellerine uzanan yol kadar güzel ve tehlikeli bir yol olmadığını mı düşünüyordu, bilemiyorum. Bildiğim şu ki, ben onun duruşunu içten iten ikinci bir duruşun varlığını seziyordum o sırada. Çünkü, tanıştığımızdan bu yana hep bir karmaşaydı o; kendine yenilen, yaşama, kadınlara ve çocuklara yenilen, ama her an her şeyin bir çözüme ulaşacağına inanan deli bir karmaşaydı. Daracık bir odada, fotoğraf makineleri, tozlu dergiler ve şarap şişeleriyle iç içe yaşıyordu. Yaşamak tek başına bir sıkıntıydı onun için. Öyle ki, sonunda gidip bir siyasî partinin gençlik kollarına kapılanmış, birdenbire yirmi yaş gencelmişçesine ön saflara fırlamış, birkaç ay sonra da, basının diline dolanan sudan bir bahaneyle tutuklanmıştı. Üç beş ay hapiste kalmak, bir yaşama sığamayacak kadar büyük bir serüvendi ona göre. Artık kendini emekli sayıyordu; bira içmenin dışında, her şeyden emekli.

Sis biraz daha koyulaşmıştı sanki.

Kahve kokusu hâlâ ince ince tütüyordu.

Bu arada, üçümüz arasında gidip gelen sessizlik, iyice kalınlaşmıştı.

Derken, sis yarıldı ve elinde tepsiyle garson çıktı geldi. Kel kafalı, uzun boylu bir gençti bu; önünde düşsel masalar varmış gibi, oldukça dikkatli yürüyordu. Papyonu biraz yana kaymıştı. Yüzünde de, ters bir bakışla siliniverecekmiş gibi gözüken, incecik bir gülüş vardı.

Onu görünce, önce gri sakallının yanındaki karmaşa kalkıyor yerinden, tepsideki bira bardaklarına doğru bir su gibi akıyor; ardından biz de koşuyoruz hızla ve tepsi, kaşla göz arasında boşalıveriyor. Az sonra göğsümüz, gri sakalımız ve bıyıklarımız köpüğe batıyor. Bir yandan da, bardakların üstünden garsonu dikkatle süzüyor, onu bir yerlerden tanıyor, ama bir türlü çıkaramıyoruz. Ben gözlerimi açışımdan bu yana süren sessizliğe, ortalığı kaplayan sise ve dağ başındaki garsona bakarak olup biten her şeyin bir düş olduğunu düşünmeye başlıyorum. Kim bilir, diyorum, bedenlerimiz nerede şimdi? Gri sakallı ben miyim; ya karmaşa... karmaşa gri sakallı mı, yoksa o da mı ben? Bütün bunların da ötesinde, neredeyiz şimdi, neler yapmaktayken neler yapıyoruz?

Garson, karşımda. Gözlerinden, duruşunda kapı aralıkları taşıyan hınzır bir kedi bakıyor. Her şeyi bilmiş, işitmiş ve tüyleri dokunuşlarla kirlenmiş bir kedi bu. Bir şeyleri kapıp kaçacak sanki, garsonun kirpikleri arasından hızla kaybolan kuyruğuna üçümüz de uzanacağız ama, tutamayacağız.

Soluklanıyoruz ve soluğumuz bira kokuyor.

Yaşadığımıza bir kez daha inanıyoruz o sırada.

Boşalan bardakları garsona uzatırken duraksadık. O, çoktan gitmişti çünkü. Giderken, kedi sessizliği bırakmıştı sessizliğimizin içine; parmağımızı, kulağımızı ya da çorabımızın tekini değilse bile, zamanımızın küçücük bir dilimini kapıp kaçmış, kadife adımlı bir kedi sessizliği...

Bardakları yere bırakıp beklemeye başlayacaktık şimdi. Susuyorduk gene, susacaktık; dağ hangi boşluğumuzu dolduruyor, susmak bizi nereden eksiltip nereye biriktiriyor ve bu sis hangi çıplaklığımızı örtüyor, hiç bilemeyecektik.

Her şeyi bilmek için erkendi belki, bilmeler yaşamalardan geçerdi ve biz önce yaşayacaktık.

Garson döndüğünde (hangi sürede bilinmeze gidip ne zaman sislerin ardına çekilmiş bir dünyanın dışına gelebildiyse), bu kez biraz bize benziyordu. Getirdiği tabaklarda kuş ölüsünü andıran kızarmış etler, yanlarında da üç bardak bira vardı. Biz etleri umursamadan biralara saldırdık gene. Gri sakallı, yarım bedeniyle, sevinçten zıp zıp zıplıyordu.

O sırada garson, her zamanki gibi üçümüzü de süzdü; iki nöbetçi kedi karşımıza çömeldi yani ve bize bakmaya başladılar. Bence, biraya olan düşkünlüğümüzü saptamıştı garson ve bunu beyninde taşıdığı hesap pusulasının bir köşesine not etmişti. Öyle ya, ne olur ne olmaz; bir gün birileri gelip tutkularımızı sorabilir ona; ve tutkularımız bizim kulplarımızdır ne de olsa, en kolay ve en çabuk onlarla ele geçiriliriz.

Bira bardaklarının dibine indiğimizde, garson her zamanki gibi gene ortalıkta yoktu. Günlerce gelip gitti böyle, ya da saatlerce ve çoğu kez otururken buldu bizi, kendi içimize gömülmüşken kimi zaman da, duvar dibinde unutulmuş kumru gölgelerinden daha dalgınken. O bize, biz ona ve yokluğuna iyice alışmıştık artık. Onun bir yerlere gidip gelmesi, bir anlamda sıkışıp kaldığımız hareketsizliği katlanılır kılmaya başlamıştı.

Gene de, sisin arkasında yıllarca kalıyordu sanki; bulaşık kaplarla dolu akşamlar yaşıyor, nemli odalarda yatıp kalkıyor, gecelerini tozlu bir radyo sesiyle süslüyor, bu şarkı beni anlatır arkadaşlar diye mırıldanıyor, düşlerinde barlara gidiyor, çıkınca sokaklarda boş bir şişe gibi sallana sallana yürüyor, derken bir gün piyango bileti satan kıza körkütük vuruluyor ve gecelerini artık onun düşleriyle süslüyor, sonra meyveli gazoz şişeleriyle bisküvi tabaklarının saltanat sürdüğü gürültülü bir törenle evleniyor, üzüle sevine yaşlanıyor, bol çocuklu aile resimlerine poz veriyor, telleri fırlamış bir koltuğa çöküp kel kafasına konan sinekleri kovarak kahve içiyor, sonra dönüp dönüp hatıralarına bakmaya başlıyor, sonra da birdenbire bizi hatırlayarak elinde üç bira bardağıyla çıkıp geliyordu.

Çocuklar gibi seviniyorduk onu görünce. Garsonun müşteriyi hatırlaması, aklından çıkarmamasından daha güzeldi çünkü; bunu üçümüz de biliyorduk. Güzel olmayan, onun, her gelişinde yüzünde taşıdığı anlamla anlamımızı yeniden oluşturması, evlilik törenlerinden, nemli odalardan, kırgın çocuk seslerinden ve kadın dırdırından bakışlarına ne sıçramışsa üstümüze başımıza bulaştırmasıydı.

Sessizdi. Hiç kuşkusuz, bir şeyler gizliyordu; gri sakallıyı, bağdaş kurup oturan karmaşayı ve beni, yasalar, hatıralar ya da kadınlar adına izleyen bir görevliydi belki. Bu garson kılığındaki kedi, boş bardakları götürüyorum diye, sisin ötesine bizi taşıyordu ya da; orada kocaman bir ülke kuruyordu bizden; toprakları derimizden, suları terimizden, ateşleri yüreğimizden bir ülke... Sınırlarının nerede başlayıp nerede bittiğini bilemeyecek kadar dalgın, kararsız ve pişman bir ülke. Garsonlarıysa, mutlu mu mutlu... Çünkü, dalgın, kararsız ve pişman bir ülke, elini alnına dayayarak sessizce içer birasını. İkide bir meze kültürünün sınırlarını zorlamaz yani ve kafası attıkça ikide bir masayı sandalyeyi devirip göbek atmaya kalkışmaz. Başka bir deyişle, dalgınlığına demirlidir her zaman, gitse gitse kararsızlıklarına gider arada bir ve hep pişmanlığından döner gelir kendine. Gri sakallı gibi tıpkı, ben gibi, karmaşa gibi...

Bardaklarımız gene boşaldı.

Havada, o kahve kokusu.

Biliyorum, garson bu kez gelmeyecek artık. Gri sakallı küflenecek bekleye bekleye, karmaşa karmakarışık olacak ve ben sisin ağırlığı altında giderek ezilmeye başlayacağım. Sonra, üçümüz de kalkıp yürüyeceğiz. Boyları sise gömülmüş uzak çamlar geçecek iki yanımızdan, gırtlağına dek sisle dolmuş uçurumlar, aşağıya mı indikleri yoksa tepeye mi çıktıkları anlaşılamayan patikalar ve bir görünüp bir kaybolan garson hayaletleri geçecek.

Derken, birdenbire dağılacak sis, her şey kendi şeklini alacak. Biz, şehrin ortasındaki bir sokakta olacağız. Domates, biber yüklü külüstür kamyonetler duracak bir yerde, simitçilerin sesleri incecik bir lastik gibi sokağın ucuna kadar uzayıp uzayıp geri gelecek. Biz yürüyeceğiz. Duvar diplerinde, dillerindeki eski tanrılarıyla, yarı çıplak dilenciler. Ardından, her türküye ve her türkücüye benzeyen bir kaset satıcısı görünecek uzaklardan. Biz yürüyeceğiz. Bir yandan da, piyango bileti satan kızın nerelerde olduğunu düşüneceğiz, bu yeni hatırladığımız bir görevdir sanki ve düşünmeye zorunluyuzdur. Çünkü, o kızın dağa ilk çıkışımızla değilse bile, şimdiki yaşadıklarımızla bir bağı vardır.

Daha sonra da, küçücük, mavi bir kapının önünde duracağız.

Durduk.

Soluk soluğa kalmıştık.

Önce, ben girdim içeri. İnsanı yüreğinden tutup çeken, ılık bir yerdi burası. Hemen sağımızdaki duvarda, yağlıboya bir tablo asılıydı; ön planda titrek dallı ağaçlar, havada kuş ölüleri. Kanat pençeye, pençe gagaya karışmış ve savrulan kuş ötüşleri, yeşil parıltılarıyla yaprakları andırıyor. Onların gerisindeyse, bomboş topraklar uzanıyor. Git git bitmez topraklar.

Şaşırmıştım.

Bar boştu henüz; akşamdan kalan sandalyeler, alınlarını masalara dayamış, uyuyorlardı. Nereden yayıldığı bilinmeyen müzik, onlar için çalıyor gibiydi.

O müziğin içinden geçip her zamanki köşemize doğru yürüdük. Duvarları kilimlerle süslü, ortasında Erzincan işi iki bakır tepsi bulunan sedirli sığınağımıza varınca, bir an duraksadık. Daha doğrusu, ben duraksadım. Çünkü, bedenlerimiz oradaymış gibi geldi bana; kilimlere, bakır tepsilerdeki çekiç izlerine ya da sedirlere sinmişlerdi de yavaş yavaş ortaya çıkıp bizi içlerine almaya hazırlanıyorlardı sanki.

Gri sakallı, oturur oturmaz sırtını duvara dayamış ve sigara yakmıştı. Karmaşa, onun karşısına bağdaş kurdu. Ben de çöktüm yanlarına. Sonra, nasıl olduysa oldu, ansızın kızarmış bıldırcın tabakları geldi önümüze, ardından da kel kafalı, uzun boylu garson göründü.

"Kusura bakmayın, geç kaldım," dedi.

"Ağzımız kurudu," diye homurdandı gri sakallı. "Nerede kaldın be koçum, Kerbelâ mı burası?"

Garson yutkundu. Gözlerinden bir dağ gelip geçti sanki.

Elindeki üç birayı bırakmış gidiyordu ki; "Gel şu oyunu bir kez daha oynayalım," dedim.

Gözlerini, onu bir suça itiyormuşum gibi, yalvarırcasına yüzüme dikmişti.

"Var mısın?" dedim.

"Varım," dedi para üstü verircesine.

İşte o sırada, barın kapısı gürültüyle açılıverdi. Kırılan camlarla birlikte upuzun namlular uzandı üstümüze. Gri sakallı bir kıl yumağı gibi topuklarımın dibine yuvarlanırken, karmaşa geriye doğru kaykıldı. Bense, önümüzdeki bakır tepsilerin üstüne yıkıldım. Bıldırcınlar yüzümdeydi; salçaları kanıma, kanım salçalarına karışıyordu.

Sonra, her şey sessizliğe gömüldü.

"Üçü de öldü," dedi garson.

Bardan çıkmış, inanılmaz bir hızla şehrin doğusundaki gecekondulara doğru koşuyorduk. Kahve kokusu giderek yoğunlaşmaya başlamıştı. Öyle ki, bardaki her kurşunlanışımızın ardından yorgun argın döndüğümüz o önü gölgelikli briket eve değil de, yere devrilmiş kocaman bir kahve fincanına yaklaşıyor gibiydik.

"Bu adam bir gün ölecek," dedi gri sakallı.

"Onunla birlikte biz de," dedim yavaşça.

Briket evin önünde durmuş, üçümüz de, telleri fırlamış bir koltukta kahve içen kel kafalı yaşlı adama bakıyorduk.

Neredesin Gringo

Balığı sevdiğini unutmamışım, kimi zaman belleğimdeki Han'a giderken, balıkçıların önünde hâlâ gölgen duruyor mu diye dönüp bakıyorum. Seni göremiyorum tabii, görüyorsam kırmızı tablaların üstünde kulakçıkları ağır ağır inip kalkan sazanları, turnaları, ya da çinakopları görüyorum. Hüzünlü bir sessizliğin içinden, gözlerime hüzünle bakıyorlar.

Kimi zaman, sana diyeceklerimi tutup onlara desem diyorum, sana susacaklarımı onlara sussam, sonra sen gelip bir sazan seçsen sözgelimi, kırmızı bir çekime kapılıp gene o bakkaldan bir şişe şarap alsan ve yavaş yavaş eve doğru yürüsen... Sen böyle yaptığına göre, günlerden pazardır nasılsa, gürültüsünü cumartesiде bırakan caddeler upuzun serilmiş dinleniyorlardır ve zaman senin gözünde o an caddeler kadar geniştir. Sen bu genişliğin içinde, sazanla sevişeceğini bilmesen de hissediyorsundur. Kimseciklere göstermediğin bir sözlükte, yoklar toplamıdır çünkü bir sazan. Ama sen bunu bir türlü itiraf edemezsin kendine. Ben de edemem elbette; bize göre en büyük itiraf, kimi zaman gitgide derinleşen bir sessizlik kuyusunun içinden, yeryüzüne ölü bir sazan gibi bakmaktır. Yalnızca bakmak.

Derken eve varsan, diyorum; binlerce kez inip çıktığın merdiven basamaklarını bir kez daha çıksan. Kapıyı açarken dünyanın kapılarını düşünsen ve nedir desen, kapı? Sonra, kapıdan ev sözcüğüne geçecekken, birdenbire onun içinde bulsan kendini; bir koca ve baba tekrarının içinde, bulanık çizgilerle... O sırada, karın, "Ne bulursun bu pis kokulu balıkta?" dese ve sen ona aldırmadan sazanı tezgâhın üstüne upuzun yatırıp eline bıçağı alsan. Deriden önce, karının homurtusunu sıyırıp atsan balığın sırtından. Bir an dursan sonra, dursan ve balığın duruşunda çalkalanan göl kokusunu içine çeksen. Bir süre, özlemle denizde geçen gecelerini düşünsen. Hangi denizdi orası, desen kendi kendine, hangi geceydi, hangi dünya ve kimdim ben? O kimdi peki, var mıydı, yoksa belleğimde mi yaşamıştı? İşte tam o sırada, birden kımıldasa sazan, yeşermeye başlamış bir öykü çekirdeği gibi kımıldasa ve sen bu kımıltıyı okusan. Gringo, desen sessizliğin kemiklerine işleyen bakışlarınla; neredesin Gringo?

O an, kabanını giyip caddelere çıksan artık, gelip balıkçıların önünden beni alsan. Birlikte, düşten kaçmış iki çocuk gibi Han'a doğru yürüsek.

Körkütük şarapçı kesildiğim yıllarda seninle, duvarlarından geyik boynuzuna benzeyen dallı budaklı şamdanlar sarkan o alacakaranlık yerde tanışmıştık biliyorsun. Titrek mum ışıklarının altında sürekli biçim değiştiren, göz deliklerine kırmızı ampuller yerleştirilmiş birçok mask vardı çevremizde; oraya buraya yorgun çarıklar asılmıştı ve bedenlerinin yarısı gölgeden oluşan garsonlar, boşlukta yüzen masaların arasında birer hayalet gibi geziniyorlardı.

Hatırlarsan, biz, duruşuna düşsel gıcırtılar yakıştırdığımız tozlu bir çıkrığın dibine oturmuş, bir yandan ellerimizi belli belirsiz aydınlatan beyaz leblebiyle bira içiyor, bir yandan da masmavi susuyorduk. Zamanlardan yaratılmış bir mekândaydık sanki, her şeyi aynı anda, ancak susarak yaşayabiliyorduk. Gene de sen arada bir aynaya bakıyordun. Kendini yokluyordun belki, hâlâ yaşayıp yaşamadığına şöyle bir göz atıyor, masaya abanan bedenini gördükçe de kendi gözünden biraz daha siliniyordun. Biliyorum, elinden gelse, her şeye karışıp başka gözlerden de silinecektin. Renklerin ardına gizlenmiş bir renk gibi tıpkı. Ama, silinemiyordun ve vardın. Üstelik, hem aynada, hem de masadaydın. İş arkadaşlarının gönlündeydin elindeki kahverengi çantayla. Onlarla birlikte şehrin her köşesine dağılmıştın; çocuğunun geçmişinde ve geleceğindeydin, karının aklındaydın, kardeşlerinin kardeşlik duygularında, bir denizin belleğinde, kendine mektuplar yazan bir adamın hatıralarında, kitapçıların bilgisayarındaydın. Öyle çoktun ki, yoktun.

Gözlerinse maviydi, nereye bakarsan bak, iki damla deniz içini çeke çeke kendini martısızlığa vuruyordu. Zaten, iki martısızdık biz; o gün Han'da çalınan şarkılar şarkı değil, içimizdeki yosunların iniltisiydi. Ağır ağır kum evrenleri çöküyordu içimize. Bir şeylerin altında kayboluyorduk bu yüzden; Han'ın önünden gelip geçen insanların sözgelimi, bir bakışın, düşlerimizi paramparça eden bir sesin, kokuşan ilişkilerin, her gün tozu alınan yalanların...

Saatler sonra, Poe'nun öykülerini konuşmaya başladığımızda, kum göçüklerinin kocaman karanlığı vardı sesimizde. Kum kosterleri Morg Sokağı'na dalmıştı kuşkusuz ve garsonlar birer denizci hayaletine benzemişlerdi. Han denizdeydi sanki, hepimiz, yavaş yavaş karanlık suların geleceğine doğru sürükleniyorduk.

Şimdi düşünüyorum da, bizi Poe'ya sürükleyen şey Han'ın gizemli havası mıydı, yoksa Poe'dan söz edeceğimiz için mi orayı seçmiştik, bilemiyorum. Gerçi, sonraki günlerde de gittik Han'a, hatta bunu bir geleneğe dönüştürdük. Ama, ilk günkü gibi beyaz leblebiyle bira içmiyorduk artık, herkes kendi içkisine dönmüştü. Üstelik, garsonlar sana rakı bana şarap getirdikçe, geçmişteki biraların tadı hızla bozulmuştu. Artık biliyorduk ki, o biralar şişelenmiş birer uzlaşmaydı.

İşte, her şey bunu anlamakla başladı bence. Hiç kimsenin uzlaşma ânında kendisi olamayacağını düşünerek, tanışmamızı kocaman bir yalana benzetiyordum. Bu durumda, şamdanlar da yalandı hiç kuşkusuz, masklar, garsonlar, o çarıklar, masalar ve sandalyeler de yalandı. Hatta, Han bile öyleydi. Poe'ysa, yazdıklarının ne denli gerçek olduğuna bakılırsa, zaten yalandı. Bir anlamda, bunların hepsi yalan olmak zorundaydı. Çünkü, biz hiç Poe'yu konuşmamıştık Gringo, senin yazarların başka, benimkiler başkaydı. Gene de, Han dediğim Han, aylarca karanlık suların geleceğine doğru sürüklenmişti. İki yolcuyduk onun içinde, sıkıntılarını giyinip kuşanmış, iki suskun yolcu... Sonunda, gide gide ben kendi kıyılarıma çıktım kederimle; sense Meksika'ya. Artık Fuentes'in düşünden kaçmış mavi gözlü bir Gringo'ydun; sınırı geçecek ve bile bile ölüme gidecektin.

Gittin de.

Bir gün Han'da buluştuğumuzda sınırın öteki yanındaydın ve her şeyi oradan anlatıyor, oradan susuyordun. Bir kızı sevmiştin, düş gibi, durunca sular yürüyen, gülünce güller gülen, sesiyle ısınıp ateşiyle üşüdüğün bir kızı. Sevmiştin işte, hepsi bu kadar. Sonrasını anlatmadın Gringo, seni yalnızca sınırı geçerken gördüm. Derken, ortalık birdenbire toza dumana boğuldu ve sen atınla birlikte gözden kayboldun. Gerçekten Gringo muydun, doya doya ölebildin mi, yoksa o toz duman seni gene sınırın bu yakasına mı attı, bilemiyorum.

Han'a doğru yürüsek, demiştim Gringo... Sakarya'nın bira kokulu sokaklarını geçip oraya vardığımızda sen, olup biteni anlattığın yere kadar yeniden anlatsan, susarak. Sınırı aşıp yeniden geri geldim ve bu yolculuk eski yerimi daha katlanılmaz kıldı, desen sözgelimi. Ben de bu sözlerin altını imzalasam bakışlarımla. Sonra, aynı anda Han'a baksak seninle; artık yerinde yeller esen Han'a, içimizi çekerek.

Derken ben, hiç düşündün mü, desem sana; ya Fuentes *Koca Gringo*'yu sınırın öteki yanında yazdıysa?

Yoklar Fısıltısı

Yabu

"Kaç yıldır görmüyorsun buraları?" diye sordu Enver.

Gözlerimi kerpiç damlarda, demiryolu boyunca uzanan tel örgüde, tel örgünün arkasındaki Suriye toprağında ve daha ötede, akşam karanlığına gömülen Resulayn kasabasında gezdirdim bir süre.

"On iki yıl," diye mırıldandım.

Sonra, on iki yıl adını verdiğim zaman dilimi, içinde taşıdığı on iki yıllık yaşamın tortularıyla birlikte aklımdan çekiliverdi de, ben bu kasabadaki askerlik günlerime dönmüş gibi oldum birden. Kendimi, at kişnemelerinin, koyun sürülerinin, kurşun seslerinin ve çay balyalarının arasında buldum bir bakıma. Şakaklarım zonkluyordu. Korkuyu çoğaltmaktan başka hiçbir işe yaramayan ölüm kokulu geceler, yaralı bir kaçak atı gibi alnıma yıkılıyordu sürekli. Eziliyordum altlarında. Tel örgüde kalan kanlı bir poşu, mayınlı sahada inleyen kurşunlanmış bir at, bulgur pilavına uzanırken duraksayan bir arkadaş eli, ya da geçip giden trenlerin ardı sıra akıp giden yüzlerce bakış karşısında duygularımı söze ve yazıya dökemediğimden, körelme denen en aptal ölümü yaşadığımı düşünüyordum. Yalnızca et ve kemik toplamı hâlinde yaşadıkça, gözlerim namluya, parmağım tetiğe dönüşüyordu.

"Daldın gene," dedi Enver.

Birer sigara yaktık. İlk nefesleri çekmiştik ki, biri hıçkırmaya başladı karanlığın içinde. Hıçkırıklar boğuk ulumalara dönüştü sonra. Enver'e baktım soran gözlerle.

"Yabu bu," dedi ağzındaki dumanı kayıtsızca üflerken. "Her gece ağlar."

"Neden?" diye sordum.

"Ağlar işte," dedi.

Ağlamak, bir tür işaretmiş Yabu için. Kimsesiz bir ihtiyarmış; her gece dam başında oturur, gözlerini Resulayn'ın ışıklarına diker, sonra da şafak sökene dek sigara içermiş. Sigarası kalmadığında, ya da yıllardır çektiği yalnızlık birdenbire büyüyüp boğazına düğümlendiğinde de, birisi yanına gelsin diye ağlamaya başlarmış böyle.

"O hâlde gel yanına gidelim," dedim Enver'e.

Daracık sokaklardan yürüyüp dama çıktık.

Ayak seslerimizi işitince sustu Yabu, sırtını kerpiç bacaya verip yüzünü Suriye'ye döndü. Bizi görmezlikten gelişini görmezlikten gelerek, minderlerimizi serdik yanına. Önüne sigara paketi koyduk.

İlk sigarayı ateşleyince, sakalındaki titreme durdu, yüz çizgilerine biriken akşam karanlığı azaldı biraz. Çıplak ayaklarını karanlığın içine uzattıktan sonra, ağır ağır konuşmaya başladı Yabu.

Sözü saatlerce kimseye vermedi. Her şeyi daha önce Enver'e anlatmış olmalıydı ki, her tümcesini benim yüzümde noktalıyor, enseme, kulağıma sigara dumanları püskürterek geçmişini yeniden yaşıyordu. Sigaranın birini söndürüp birini ateşleyişine bakarak, anlattığı için mi içiyor içtiği için mi anlatıyor diye düşünürken, onunla birlikte yıllar öncesine gidip gidip geliyordum.

Anlattığına göre, eski bir kaçakçıymış Yabu. Gençliğinde ceylan gibi sekermiş mayınların arasından, kurşundan hızlı, taştan korkusuzmuş. Yıllarca bu yakadan o yakaya gidip gelmiş de, yalnızca bir kez korkmuş mayından ve jandarmadan. Korktuğu geceyi dün gibi hatırlıyormuş. Yükü ne çay balyasıymış o gece, ne de ipek çuvalı. Resulayn'a götürülecek bir gelinmiş yükü. Gelin de, varı yoğu biricik Gazel'i. İki atla inmişler Habur deresine. Ay burnunu bulutlara gömünceye dek, atların çenelerini avuçlarının içinde tutarak beklemişler söğütlerin kuytusunda. Devriye araçlarından tutulan ışıldaklar Mezartepe'nin arkasında kaybolup da gökyüzünü yalamaya başladıklarında, atlarını yedeklerine alıp tel örgüyü aşmışlar.

Resulayn'ın ak sıvalı evlerine yaklaştıklarında, horozlar ötüyormuş. Şalvarları rüzgârda uçuşan düğün kalabalığı karşılamış onları. Ertesi gün, kuşluk vakti başlamış düğün. Dört kişiyle taşınan pilav kazanları ateşe sürülürken, zurnayla davulun sesi göklere yükseliyor, bir yanıyla Halep'e doğru rengârenk bir bulut hâlinde yayılıyor, bir yanıyla da Ceylanpınar sokaklarını aşıp ta Urfa'ya kadar ulaşıyormuş.

Üç gün üç gece süren düğünden sonra Türkiye'ye dönmüş Yabu. Resulayn'ın çıkışına kadar Gazel'le kocası da yürümüş onunla. Ayrılık vakti geldiğinde, gecenin orta yerinde durmuşlar. Ellerini öperken iki boncuk gözyaşı düşürmüş de, "Gayrı elini öpmem güçtür babo," demiş Gazel. Dediği de olmuş, o geceden sonra yıllarca öpmemiş babasının elini. Babası da, şöyle kollarını açıp bir kez olsun sarılamamış kızına.

Sonra, gözleri karanlığı delmez olmuş Yabu'nun. Gücü azalıp eti gevşeyince, bırakmış mayın üstünde can gezdirmeyi. Gözlerinin kandili körelmiş ama, kulakları dipsiz kuyular gibi derinmiş hâlâ. Şimdi, dam başında bizimle otururken bile, beş kilometre ötede bir tüfeğin kurma kolu çekilse, bir jandarma kibrit çaksa, bir başkası iç çekse, ya da bir kerpeten tel örgüyü kırt diye ısırsa, kolayca işitebilirmiş. Ama, kimse inanmazmış buna. Zaten onun dediklerine inanan kalmamış artık, herkes önünden arkasından, deli diye homurdanıyormuş. Umurunda değilmiş Yabu'nun, varsın homurdansınlarmış. Alışmış artık deli sıfatına, çünkü on iki yıldan beri torunu yaşındaki çocuklar bile böyle sesleniyormuş ona, dil çıkarıp göz belertiyorlar, toplanıp taş atıyorlar, sigara verelim mi sigara diye bağırıp damarına basıyorlar, ya da yanılıp sokağa çıksa, ceketinin ucuna uçurtma kuyrukları bağlıyorlarmış.

On iki yıl önce ne mi olmuş?

Önce, karısı Yade'yi yitirmiş Yabu.

Güneşin kasabayı kızgın tava gibi cızırdattığı bir öğle üzeri, seyyar jandarma bölüğünün çöp bidonlarından makarna artığı toplarken yıkılıvermiş Yade. Kucağındaki naylon torbalarla başörtüsünü bidonların dibinde unutarak, saçlarını uçuştura uçuştura sırtlayıp getirmişler eve. İşte şu kırık camlı odaya yatırmışlar. Topladığı makarna artıklarının görüntüsünü gözkapaklarının içinde tutup öteki dünyaya götürecekmiş gibi, gözlerini hiç açmamış Yade. Yalnızca eliyle "gel gel" edip Yabu'yu yanına çağırmış da; "Üç gün sonra bayramdır, tel örgüye gitmeyi unutmayasın herif," diye fısıldamış.

Bayramın ilk günü, herkes gibi onlar da giderlermiş tel örgüye. Sınırın elli, altmış adım gerisindeki kalabalığın arasına girip saatlerce bekleşirlermiş. Tel örgünün dibindeki jandarmalar onların ellerindeki hediye paketlerine, onlar da jandarmaların yüzüne bakarlarmış uzun süre. Sonra, bekleşenlerin akrabaları görünürmüş Suriye'den, düzlüğü iri adımlarla yürüyüp çoluk çocuk, genç ihtiyar, kadın erkek, sınıra yığılırlarmış. Ardından da, bu yakadan o yakaya, o yakadan bu yakaya bağırarak bayramlaşırlarmış. Yabu'yla Yade, Suriye toprağındaki kalabalığın içinde kara pürçekli torunlarını gözleriyle arayıp bulurlar, şeker paketlerini havaya kaldırarak, bayram hediyenizi aldık kurban, işte, işte, derlermiş. Şekerlere uzanıp yanaklarını şişire şişire yiyemeseler de, sevinirmiş çocuklar. Ellerini kollarını sallayarak, öperim dede, öperim nine, diye uçuşurlarmış.

Tel örgüye ve ikişer adım arayla duran jandarmalara rağmen, gün boyu sürermiş bu cıvıltı. Güneş batarken, hediyeleri alıp veremeden, sarılıp öpüşmeden, her iki taraf da ayrılıp evlerine dönermiş.

Yade öldükten sonra, tek sözcük konuşmadan, dam başında üç gün oturmuş Yabu. Torunlarına, ninelerini mezardan çıkarıp götüremezmiş ama, bayram şekerini kesinlikle götürmesi gerekiyormuş. Nereden para bulurum diye düşüne düşüne, tam üç gün sakalını didiklemiş durmuş bu yüzden. İçinde karıncalar gezinen meşin cüzdanını nereden bulmuşsa bulmuş, sabah akşam duvarlara çarpmış.

Bayram sabahı da, çöp bidonlarına koşmuş erkenden. Sınırın ortasında kalakalan şaşkın tavuklar gibi, bidonların arasında gezinmiş bir süre. Sonra, paketin içinde şeker bile götürsem nasıl olsa torunlarıma veremeden geri getireceğim diyerek, boş bir kutu bulmuş. Ardından da, içine ot doldurup özene bezene sarmış.

Yabu sustu birden. Sakalı titremeye başlamıştı. Hıçkırarak sigarasını damdan aşağıya savurdu. Derken, hıçkırıklar uzun ulamalara dönüştü yine. Bir süre, Enver'le boşuna bekledik ağlamanın kesilmesini. Yabu'nun bu kez kendisi için ağladığını anlayınca, sigara paketlerimizi orada unutmuş görünerek yavaşça kalktık.

Enver'in evine kadar hiç konuşmadık.

Kapıyı Sumru açtı.

"Uyumadın mı sen?" dedi Enver.

"Ödevimi yapıyordum," diyerek elindeki kalemi gösterdi Sumru.

İçeri girip salondaki koltuklara gömüldüğümüzde, gözlerini gözlerime dikerek; "Bir şey mi oldu, çok durgunlaştın," dedi Enver.

"Yabu'nun anlattıklarını düşünüyorum," dedim ona.

Kısa bir sessizlik oldu.

Derken dayanamayıp sordum; "Sonunu biliyor musun o öykünün?"

"Bilmiyorum," dedi Enver.

Kalkıp yeni bir sigara paketi aradı salonda.

Geri döndüğünde; "Bilmiyorum," dedi yeniden. "Bildiğim şu ki, Yabu'nun tuhaflığı o bayram sabahından sonra başlamış."

İçimi çektim birden.

"O gün, tel örgüde nöbetçiydim ben," dedim Enver'e. "Suriye'den gelenlerle Türkiye'dekilerin görüşmesi ve hediye alıp vermeleri ilk kez serbest bırakılmıştı."

Çift Çizgi

Uzun süredir yolculuğa çıkmadığım için, İzmir'e giderken her şeyi olduğundan derin, olduğundan çizgili ve karmaşık görerek yaşamı abartacağımı düşünüyordum. Daha trene binmeden, garda bile başlayabilirdim bu işe; çantamla bedenimi o kanepeden o kanepeye sürükler, yalnızlığımı bekleme salonundaki kalabalığın içinde azaltmaya çalışırken kederli kederli sigara içer, sonra da rayları sağıma alıp onlarla birlikte yürürken, gökyüzü bir kameraymış da yüzümü yakın çekime almış gibi, delik deşik bakışlarla uzaklara bakabilirdim.

Ama, hiçbirini yapamadım bunların. Ne garı abartabildim, ne treni, ne de kendimi. Belki de, öyle ustaca abarttım ki, kendim bile farkına varamadım.

Tren hareket edeceği sırada, kompartımanda bir şişman oturdu karşıma. Oturur oturmaz da, yüzünü pencereye döndü. Bakışlarında yazılanları okumamdan korkuyordu sanki. Garın karanlıkta eriyen köşesinde, kendim kadar yalnız bir akasyaya takıldı gözlerim. Şişman, Çingene bohçasına benzeyen çantasını dizlerinin üstüne yatırdı. Akasyanın yapraklarında, belli belirsiz bir rüzgâr geziniyordu. Çantasının fermuarını açtı şişman. Yapraklar titreşe titreşe karanlığa gömüldükçe, karanlık yaprak hışırtısına boyanıyordu. Bu alışverişi, kompartımanın penceresinden bir sigara tüttürerek alkışlamayı düşündüm birden.

Bu sırada şişman, iki elimi es geçerek burnuma doğru sigara uzattı. Parmaklarım sigaraya yaklaşırken, şair bir dostumun dizesi geçti içimden: "Bir kent terk edilirken sigara içilir sayın yolcular."

Şişman, kaşlarını elmacık kemiklerinin üstüne yığarak uzun uzun emdi sigarasını. Bakılamayacak kadar korkunç bir yüzü vardı. Onun böyle bir yüzü taşımaktan yorgun olup olmadığını düşündüm bir süre. Sonra, hiç kimse sürekli korkunç olamaz, diye geçirdim içimden, beyni bedenini birazcık rahat bıraktığında, bu bakışlar pamukşekerine dönüşebilir.

"İzmir'e mi?" dedi bana.

"İzmir"e," dedim.

"Tren yolculuğunu severim ben," dedi ağzından saçılan dumanların arkasından.

Gitmek fiilinin altını çift çizgiyle en güzel trenler çizebilirmiş ona göre. Otobüs koltuğunda Ramses gibi kıpırdamadan oturanlara, yolculuk ediyor denemezmiş doğrusu. Sonra, trenler her zaman bir sır taşıma olasılığı taşırlarmış. İnsanlar vagondan vagona geçtikçe, tuvalete, restorana gidip geldikçe, ilginç şeylerle karşılaşabilirmiş insan.

"Haklı olabilirsin," dedim ona.

Bu kadar esnek bir haklılığı kulakları işitti ama, gözleri kabul etmedi. Dövecekmiş gibi, ters ters baktı yüzüme.

"Bak dinle," dedi.

Bir ay öncesine, onun İzmir'den Ankara'ya geldiği güne gittik sonra. Yağmurlu bir gündü o gün, anlıyor muydum? Şu, bitişikteki kompartımandaydı şişman. Karşısında, somurtkan bir kız vardı. Kızın yanında da, ayaklarının dibindeki televizyonu bakışlarıyla yoklayıp duran, aklına düştükçe de eğilip düğmeleriyle oynayan, doğuştan kınalı –yani yüzünde kurumuş kestane mevsimi taşıyan– yaşlı bir teyze oturuyordu.

Kız öyle dalgındı ki, pencereden gelip geçen onca manzaradan bir virgüllük gölge bile düşmüyordu yüzüne. Kulaklarını rayların şakırtısına yaslamış, öylece, içini dinliyordu.

Aslında, kömür kokulu trenlerle şehirden şehre taşınıp durmaktan bıkıp usanmıştı bu kız. Gelgelelim, teyzesinin aklını çelip de otobüs bileti aldıramıyordu bir türlü. Kara ve inatçı bir katır yaşıyordu bu buruşuk kadının içinde. Teyzesi olmadan, tek başına yolculuk da edemezdi. Can borçluydu ona. Babası delirmişti yıllar önce. Teyzesinin dediğine göre, dünyada ne kadar pabucu yırtık şeytan varsa hepsi gelip babasının akıl sofrasına oturmuşlardı. Şeytanlar aylarca kalkmamışlardı oradan. Babasının aklına, koro hâlinde işemişlerdi sonra. Kanlı sidik damlacıkları gözlerinin akına sıçrayınca birdenbire bağırmaya başlamıştı baba. Ne bağırması, evin önünde eşine eşine, tıpkı bir öküz gibi böğürmüştü düpedüz. Böğürünce de, herkes palas pandıras koşup ona bakmıştı. Kadınlar, çocuklar ve köpekler sökün edip gelmişlerdi sokaklardan. O, babasından korkmuştu. Kara bıyıklı, iğrenç bir yüzü ilk o zaman tanımıştı.

Ne anasını, ne babasını görebilmişti o günden sonra. Ana, ona gösterilmeden toplanmış, kanlı bir et yığını hâlinde toprağa gömülmüştü. Babası da, elinde titreyip duran bir baltayla götürülmüş, bir daha da geri getirilmemişti.

O günden bu yana, teyzesi olacak şu pisliğin elindeydi. Kimin koynuna gireceğine o karar verirdi. Ne eder eder, her Allah'ın günü erkek bulurdu ona. Perde arkalarında, parklarda, yan odalarda, garlarda ve cadde köşelerinde pazarlığa tutuşur; kızın diriliğinden söz açar, değirmentaşı kalçalar, bal peteği dudaklar der, şu kadar süre ya da şu kadar kez diye mırıldanır, sonra da küfre bulanmış bir yığın parayı alıp cebine indirirdi. Kız uyuyunca, defalarca sayardı onları, sanki saydıkça çoğalıyormuş gibi. Puflaya puflaya gidip bankadaki fincan gözlü veznedara teslim ederdi sonra da.

Beş kuruşu beş düğüm içinde gizleyen, ömrünün yarısını para saymakla, öteki yarısını da erkek aramakla geçiren, Azrail'in gözünden kaçmış lânet bir insandı teyzesi. Onun bunun terli yatağından o geçiyormuş, rakı sofralarına o meze oluyormuş, cacık kokulu ağızlarda onun dudakları gevelenip onun meme uçları çiğneniyormuş gibi, ne zorluklarla kazanılıyor diyerek paranın kuruşunu koklatmazdı ona.

Şişman, burnunu elindeki gazetenin ortasına gömmüş, yaşlı kadına bakıyordu. Kadının yüzündeki kestane mevsimi solmuştu biraz. Şişmanın dediğine göre, öldürüleceğini sezmişti sanki. Bakışları ürkek kuşlar gibi televizyonun üstüne konuyor, oradan kanepeye sıçrıyor, sonra pencere camına çarparak yere düşüyor, yerde bir süre gezindikten sonra da, arada bir kızın yüzüne doğru uçuyordu.

Deli, derdi ona. Deliydi, evet! Hiç kuşkusu yoktu, kafasının içinde beyin diye yüz elli gram kıyma taşıyordu bu kız. Öyle olmasa, şimdiye dek bir zenginin aklını çelip hem kendini kurtarırdı, hem teyzesini. Ama, evlenmek denince, Ekrem geliyordu onun aklına. Ekrem dediği de, mahalle bakkalı. Şöyle, yumuk gözlü, kum patatesi gibi bir şey. Delinin ipiyle kuyuya mı inilir; mahalle bakkalını kendine layık görüyordu demek ki. Göremediği çok şey vardı oysa. Bal sinekleri gibi bacaklarına, kalçalarına ve memelerine üşüşen onca gözden, teyzesinin payına bir yerleri dişlemek, bir yerleri okşamak isteyen ufacık bir erkek bakışının bile düşmediğini göremiyordu sözgelimi. Yaşlılık korkusunu tanımamıştı daha yüreği. Oysa, çok değil, beş on yıl sonra erkek sinekler bile uçmayacaktı yanından. İşte o zaman, papatya gözlü veznedara teslim ettikleri paralarla geçineceklerdi.

İkide bir havlıyor, ikide bir erkeklerin ağzından çalınmış ipsiz sapsız küfürler savuruyordu ama, yatsın kalksın, teyzesine günde beş vakit şükretsindi deli kız. Her şeyi, bir paket yağ karşılığında Ekrem'e memelerini okşatmak kadar kolay sanmasındı. Teyzesi olmasa, tek başına her şeyi yüzüne gözüne bulaştırır, önüne çıkan her erkek yaratıkla yatardı. Sokaklarda nereden gelip nereye gittiği bilinmeyen birçok insan vardı, iki adımda bir kimlik yoklaması yapıldığına ne bakılıyordu? Kim bilir bu insanların her gün kaçına kelepçe takılıyor, kaçı adım adım izleniyor, kaçı dışarıya salınıyordu? Ya bunlardan biriyle aynı yatakta yakalanırsa ne olacaktı? Fuhuş suçunu bir yana bıraksın, versindi bakalım hangi örgüte üye olduğunun hesabını verebilirse.

Küçük sarsıntılar, kesik çuflamalarla durdu tren. Dışarıdaki Ege baharından iğde kokuları sızdı kompartımana. Kız sessizdi gene de. Şişmana göre, böylesine derin bir sessizliği ancak büyük gürültülere hazırlanan ruhlar taşıyabilirdi.

Kız, şişmana baktı göz ucuyla. Sigarasını, sivri topuklu ayakkabılarının altında ezdi. Sonra, bir daha hiç gelmeyecekmiş gibi, kompartımanın kapısına doğru yürüdü. Keten gömleğinin içinde kıpırdanan memeleriyle sağa sola kıvrılan incecik beli, şişmanı çağırıyordu sanki.

Şişman da kalktı yerinden, teyzeyi kompartımanda tek başına bırakıp koridora çıktı. Ekşi ter kokularının, camlardan dışarıya sarkan başsız bedenlerin, çantaların, sepetlerin arasından telâşla yürüdü. Kızı yitirdi birden. Aşağıya indi. İplik iplik yağan yağmurda, koşuşan insanlarla ıslak düdük seslerinin içinde gezindi bir süre. Gişelerin önünde bekleyen çocuktan bir simit aldı. Açlığını tokluğunu düşünmeden, simidi ağzına götürdü. Susam kokusunu duymuştu ki, iki el silah sesi yayıldı ortalığa. Simidi ısıramadı. Trene koştu hemen. İnsanlar koridoru tıkamıştı. Vardığında, kompartımanın vişne rengi perdeleri titreşiyordu hâlâ. Teyze yerde, televizyonun dibinde yatıyordu. Eli düğmelerden birine uzanıp çevirecek gibiydi. Pörsümüş memelerinin arasından taşan paralar kana bulanmıştı.

Şişmana doğru uzattım sigara paketini.

"İşte böyle," dedi alırken.

Sonra, ağzından saçılan dumanlarla birlikte, kaşlarını elmacık kemiklerinin üstüne yığdı gene. Gözlerini kısarak bir ay öncesine gitti geldi. Kızın ardından yürüdü, onu kaybetti, tren düdüğünü duydu, susam kokusunu içine çekti ve iki el silah sesini dinledi. Bir soru işaretinin beynini oyduğu belliydi.

"Kızın sessizliği, iki el silah sesine gebeymiş demek ki," dedi. "Teyzesini öldürmeyi düşünüyormuş."

"Teyzeyi kızın öldürdüğünü nereden biliyorsun?" dedim ona.

"Bu işi o yapmalıydı," dedi. "Hem, kızı bir daha gören olmadı oralarda."

Trenimiz İzmir'e girerken, ne tuhaf, şişmanın anlattığı öyküdeki gibi iplik iplik bir yağmur başladı. Bakışlarımı gecenin içine dikip öyküdeki kızı düşündüm. Yüzünü çizmeye çalıştım karanlığın yüzüne. Omuzlarına sapsarı saçlar akıttım sözgelimi, gözlerine mavi sessizlikler damlattım. Dudaklarındaki diş izlerini aceleci bir rujla kapattıktan sonra, yanaklarına iki hınzır gamze oydum.

O sırada, şehrin ışıkları geçmeye başladı camdan. Yarı karanlık çatılar, ağaç uçları, ıssız sokaklar ve sesler geçmeye başladı. Kompartımandaki insanlar da birdenbire hareketlenmişlerdi.

"Geldik," dedi şişman. "İyi geceler."

"İyi geceler," dedim.

Tren, Basmane Garı'nda durmuştu. Çantamı omzuma atıp bir süre gezindim garın ıslak betonunda. Gidip bir kanepeye oturdum sonra. Kız da bizimle birlikte yolculuk etmiş de az sonra trenden inecekmiş gibi, bekledim. Yolcular, arkalarında derin bir sessizlik bırakarak İzmir caddelerine dağılınca, yavaş yavaş kalktım yerimden.

Sonra, birdenbire trene doğru yürümeye başladım.

"Heeey," diye bağırdı bir görevli. "Heey şişman, nereye?"

"Ceketimi unutmuşum," dedim ona.

Trene bindim. Koridor bomboştu. Bitişiğimizdeki kompartımanın önünde durdum. Dikkatle bakınca, vişne rengi perdelerin titreştiğini gördüm. Sonra, kapıyı açtım.

Teyze, kanlar içinde yatıyordu.

Karanlık Beyaz

Dağların yüksekliğini doğurmaktan yorgun düşmüş gibi gözüken, uçsuz bucaksız bir vadideydim. Kuşlar geçmişti üstümden, bulutlar, mevsimler, sesler ve görüntüler geçmişti. Buraya neden geldiğimi bilmiyordum, belleğim sisler içindeydi.

Yıllar sonraydı belki, hasır şapkalı bir adam çıkıp geldi sisin içinden. Meksika purosu içiyordu sürekli. Tırnak içleri toprak doluydu. Ateşin başına oturup sırtını boşluğa dayadı. Kurt seslerinin ortasında, konuşmadan saatlerce oturduk. Güldü sonra, dişleri çamurluydu ve ağzını açınca küçük çakıl taşları düşüyordu yere, sisin içinde, yuvarlana yuvarlana kaybolup gidiyorlardı.

"Biliyor musun," dedi. "Artık bu odaya kimsecikler gelmez sanıyordum."

"Hangi oda?" dedim şaşırarak.

Elini, sis denizinde yüzen dağların, vadinin ve göğün üstünde gezdirerek; "İşte bu oda," diye mırıldandı. "Bu oda."

Ertesi gün, ateşin başında, o odasında oturuyordu artık, ben vadimde. Bakışları kısacaktı bu adamın, biraz uzaklaşacak olsam, odasında yapayalnız kaldığını düşünüp telâşlanıyordu. Günlerce dağ masalları anlattım ona belki içindeki odayı yıkarım diye, ufkundan deve katarları geçen uçsuz bucaksız çöl öyküleri mırıldandım. O da, korsan serüvenleri buldu nereden bulduysa, bütün sesleri içeren bir sesle, anlattı durdu. Korsanlar masallarda rastladığımız parmak çocuklara benziyordu tabii, gemiler çamaşır teknesine, denizler de üçer beşer adımlık havuzlara benziyordu.

Derken, bir gece kıpırtılar gördük vadinin derinliklerinde. Beyaz bir leke, karanlığı üstümüze küreye küreye geliyordu. Kayboldu sonra, saatlerce görünmedi. Hasır şapkalı, bir ara, puro yerleştirdi ağzına. Ardından da, bedeninin orasında burasında uzun süre çakmağını aradı. Bulunca, hızla çaktı. İşte o çakmağını böyle çakar çakmaz, iki adam dikildi tepemize. Gölgeleri, göğe doğru titreyerek uzadı. Beyaz, keçi sakallıydı biri; öteki, iri gözlü ve yakışıklı.

"Bir labirent kadar karanlık bu vadi," diye homurdandı keçi sakallı.

Onun kör olduğunu, ancak ertesi gün öğrenebilmiştik. Gürgen bir asânın peşinden yürüyor, durup dağların yüzünü okuyor, yakışıklıyı çağırıp fısıl fısıl konuşuyor, o da kalemini çıkarıp söylenenleri bir deftere yazıyordu. Yakışıklının kalemi odun kadar kalındı. Boynunu büküp yazmaya başladığında, dili ıslak ve kırmızı bir mendil gibi dışarıya sarkıyordu. Tartışıyorlardı kimi zaman, iki ağız esnercesine açılıp kapanıyor, sakal titriyor, eller de boşluğu gelişigüzel kesip biçiyordu. Sonunda, kör; "Peki peki, romanı yazmayı yarın sürdürelim," diyordu. Böyle zamanlarda, bir köşeye çekilip çantasındaki kitapları okuyordu yakışıklı. Hüzünlü türküler de söylüyordu patikadan salına salına inip su içmeye gittiğinde.

Bir gün, ateşin başında mırıldanırken görmüştüm onu. Kucağında, Borges'in *Okuma Notları*'nın ikinci cildi vardı. Usulca yaklaşıp yazdıkları romanı sordum. Yüzüme baktı bir süre, arkasına dönüp körü aradı, hasır şapkalıyla uzak bir ağacın altında konuşuyorlardı, sonra, anlatmaya başladı.

Romanda, bir insanın geleceğini anlatmayı tasarlamışlarmış. Kısa metin ustası kör, kurguda öyle kararsız kalmış ki, ilk yazımı bitirdiklerinde yıllar süren emeklerinin boşa gittiğini görmüşler. Çünkü, onlar kurguda oyalanırken, gerçek yaşamda da var olan roman kişisi, geleceğini çoktan yaşayıp geçmişe dönüştürmüşmüş. Bu yüzden, romanı yeniden yazarak geçmişi anlatmak zorunda kalmışlar. "Anlamak da, anlatmak da geçmişle başlamalı belki," demiş yazar.

Gece gündüz biri yazıyor, öteki daktilo ediyormuş.

Roman kişileri ilk kurgudan bağımsız yaşadıklarından, daha birinci sayfada anlatım değişmiş. Dil, taşıdığı seslere ince hüzünler yüklenmiş. Uzay aracının gölgesinde can çekişen plastik bir güvercinin kanıyla yazılan ilk tümcelerin yerini, yatakları lavanta ve osuruk kokan genelev prenslerinin gözyaşlarıyla ıslanmış verev tümceler almış. Şehirlerin gürültülü çarşılarında dolaşıp duracak, kuş pislikleriyle örtülü heykellerin yalnızlığından geçecek ve üçüncü bölüme geldiğinde, "aşk için ölüme ölüm içinse her alana bakan, yırtıcı sevinçlerle dolu öyküleriyle tanınan düşçü ve tutkucu" bir yazar olması gereken roman kişisi de, gerçek yaşamını bambaşka yaşadığı için yazar olmamış. İkinci kez yazılan üçüncü bölümde, bir odadaymış. Sonra, öyle çok kalmış ki orada, artık roman boyunca birkaç metrekareden geniş düş kuramamış. Aylar sonra, duvarları dişleriyle kemirip tırnaklarıyla kazmaya başlamış. Duvarları delmiş bir gün. Dışarı çıkmış. Ancak, bu kez öncekinden biraz daha geniş bir odada bulmuş kendini. Bulunca da, yeniden çırpınmaya başlamış tabii ve iç içe geçmiş odaları yıka yıka altıncı bölüme kadar gelmiş. O bölümde, son odayı da yıkmış. Toz toprak, buruşukluk ve küf toplamı hâlinde, geniş mi geniş bir ovaya atmış kendini. Atınca da, dağlara saldırmış hemen. Taşları dişlemeye, toprağı tırnaklarıyla kazmaya başlamış. Çünkü, kendini bu kez çok geniş bir odada sanıyormuş.

Şaşırarak baktım yakışıklıya.

"O, hasır şapkalı mı?" dedim.

"Evet," dedi.

Konuşa konuşa dudakları ve burnu uzamış, vadinin sisine gömülmüştü. Hasır şapkalıya çevirdim gözlerimi. Bir avuç tırnak gördüm önce, ağız dolusu çamurlu diş. Sonra, eller ayaklar çıktı ortaya, gözler, dudaklar. Şapkasını dizine geçirmişti, ağacın altındaydı ve yazarıyla konuşan roman kişisi olduğundan habersizdi.

Yakışıklı, romana dönmüştü yeniden. Birinci cildin ayrıntılarını sayıp döktükten, arka plandaki motiflerden, sözcüklerin oluşturduğu buruk müzikten ve çıkılan gerçeklikle varılanın bağıntılarından söz ettikten sonra, şimdi yazdıkları ikinci cildin, körün, kendisinin ve hasır şapkalının yaşamlarını içerdiğini anlattı. Geçmişi anlatmak zorunda kalan birinci cildi izlesin ve zamanın insan beynindeki parçalanışına uysun diye, ikinci ciltte şimdiyi yazmayı düşünmüşler. Bu cilde başladıklarında, kör kör olmamışmış daha.

Tam bu sırada, birinci cilt toplatılmış. Siyah kamyonetler cadde cadde dolaşarak çuvallar dolusu kitabı kim bilir nereye taşımaya başlamışlar. Vitrinler tekmelenip raflar yıkılmış. Yazarı gören olmamış o gün, oturduğu apartmanın merdivenleri postal ve namlularla dolup taştığında evde yalnızca yakışıklı varmış. Teslim olması için üst üste çağrılar yapılmış yazara, kitap kokusunun yoğunlaştığı her yer basılıp didik didik aranmış. Sonunda, işte yakaladık sevinciyle bu odur diyerek çatal çeneli, bükük belli, kulakları yer çekimine kapılmış bir adam çıkarmışlar televizyon ekranına. Yakışıklı, gülmüş halka gösterilen adama, gülüşü belki beş saniye, yazarın çıkıp gelmesiyle tam beş yıl sürmüş. Seslere tutuna tutuna yürüyebiliyormuş yazar. Gözlerini nasıl yitirdiğini hiç anlatmamış, odun kılığındaki kalemi çıkarıp yakışıklının eline tutuşturarak; "Hemen ikinci cilde başlıyoruz," demiş.

Belli bir kurgu yerine yaşamın şimdisine bağlı kalan bu cildin ilk bölümü, kırlangıçların gökyüzüne karmaşık şekiller çizdiği ve saçı sakalına karışmış bir körün kapıları yumrukladığı, alacakaranlık bir akşamla başlamış. Uğultuyla sürmüş sonra. Merdivenlerin, odaların, kapı kilitlerinin ve asansör boşluklarının uğultusuyla... İkinci bölümde, uğultular kesilmiş. Çünkü yazar, hem birinci ciltteki hasır şapkalıyı bulmak, hem de evine yapılan baskınlardan, düşsel bir tabanca patlamasıyla biten mektuplardan ve kapalı yerleri büsbütün daraltan birinci bölümden kurtulmak için şehri terk etmiş.

Yakışıklıyla birlikte günlerce, aylarca, yıllarca yürümüşler. Minarelerinde renkli ışıklar yanıp sönen dağ köylerini dolaşa dolaşa hasır şapkalıyı sormuşlar. Muhtarlar, kır bekçileri, düğünden düğüne gezen paytak yürüyüşlü davulcular, kasketi yana yıkık zurnacılar ve tahta sedirlere bağdaş kurup oturan burma bıyıklı âşıklar, kendi belleklerinde uzun yolculuklara çıkmışlar ama, dağları tırnaklarıyla yıkmaya çalışan bir akıl fukarasıyla karşılaşamamışlar.

Körle yakışıklı üçüncü bölüme geldiklerinde, kaval yerine pilli radyo taşıyan bir çoban çıkmış önlerine. Size bir düşümü anlatayım, diye melemiş. Düşünde, kuş olmuşmuş bu çoban; çobanların hepsinden akıllı, köpeğinden hızlı ve kurtları iki günlük uzaklıktan görebilen bir kuş. Sürüsünün üstünde uçmuş bir süre. Sonra, bir de köye varıp geleyim demiş, bakalım akşam yemeği için ne pişiriliyor evde? Kanat çırptıkça, ormanlar yeşil köpüklü sel olup akmış altından, kayalar, ovalar, sonra yine kayalar ve sis... Bir vadinin üstünde miymiş neymiş, elleriyle toprağı eşeleyen bir adam görmüş.

Körle yakışıklı, bu sözleri duyunca, çobanın düşündeki vadiye doğru yürümüşler hemen.

"Sonrasını biliyorsun," dedi yakışıklı.

Susmuştuk.

Ateş, cansız çıtırtılarla yanıyordu hâlâ. Hasır şapkalıyla kör karanlıkta yavaş adımlarla geziniyorlardı. Sis kalkmıştı. Ben, vadide değil de, romanda yaşadığımızı düşünüyordum.

O gece, kör, sabaha kadar romanın birinci cildini sayıkladı. Hasır şapkalının odaya kapatılış nedenlerini saydı tek tek. Olaya her nedenin yakıştığını söyledi. Oda sözcüğünün yalnızca odayla sınırlanamayacağını, insanın her türlü kuşatılmışlığının, kendi kendini daraltışının, başka olaylara bağlayamadığımız her olayın, dahası ülkelerin, ülkelerin bulunduğu dünyanın, dünyanın ve gezegenlerin dönüp durduğu evrenin de bir oda sayılabileceğini mırıldandı. Ben, umarım romanda bunları bu kadar açık seçik yazmamıştır diye düşünürken, kapatılmanın insan beyninde ne gibi etkiler yaratabileceğine geçti sonra, hasır şapkalının küçük bir memurken ancak bu kadar genişletilip memur ruhundan ancak bu kadar uzaklaştırılabileceğine ve romanın son sayfalarında bağrışan insanların hasır şapkalıyı anlamadıklarına geçti. Sonra, ilk kurgunun altüst oluşuna içerlerken uyandı. Yaşamı değiştirememenin burukluğunu taşıyan karanlık bir gülüşle başını kollarının üstüne koydu. Cırcırböcekleri ötüşürken uyuduk.

Ertesi sabah uyandığımızda, hasır şapkalı yoktu.

Kör fenâ hâlde bozuldu buna, asâsını kaldırıp uzaklara doğru öfkeyle salladı.

Sonra, dur durak bilmeden günlerce dolaştık vadide. Kar ince ince atıştırmaya başladığında dağlara tırmanıyorduk ve hava çelik gibi soğuktu. Büzüle büzüle yürüyorduk. Yüzlerimiz teneke gibiydi artık, konuşamıyorduk. Kulaklarımız tıkanmış, kirpiklerimiz düğümlenmiş, dağların girintisi çıkıntısı dümdüz olmuştu. Kar, ayağımızı kaldırır kaldırmaz izlerimizi örtüyordu. Yakışıklı, beline kadar kara gömüldüğü bir sırada çantasını taşımaktan vazgeçerek fırlatıp atmıştı. Birbirimizin eline eteğine tutuna tutuna kayalıklardan inerek hasır şapkalıyı vadide yeniden aramaya başladığımızda, aylar sonra ayak izlerini bulduğumuzda ve sınırları gökyüzünde kaybolan uçsuz bucaksız bir beyazlığın içinde dönüp dolaşıp yüzlerce kez aynı noktaya geldiğimizde, kar hâlâ yağıyordu. Kör, asâsını nerede kaybettiğini bilmiyordu. Umutsuzluk akıyordu gözlerinden, belki de, romanın bu vadide biteceğine inanıyordu artık.

Bir sabah kar dindi. Beyaz bir sessizlik sardı vadiyi. Sessizlik öyle derindi ki, hangi yöne gideceğimizi, ne yapacağımızı şaşırmıştık. Körün sağlığı bozulmuştu, mantar tabancası gibi pat pat öksürüyordu. Bu patlamaların, dağların doruğundaki minicik bir kar tanesini ürpertip ürpertmediğini, günler sonra gökyüzü başımıza yıkılırken düşünebilecektim ben. Bizi bulunduğumuz yere çivileyen telâşın zikzakları arasında koşuştururken; "Üzülme," diyecekti kör, "sen çığın altında kalmayacaksın!"

"Çünkü sen içindeki öykünün içindesin," diye bağıracaktı yakışıklı da.

İkisi de bilmeyeceklerdi oysa, bu beyaz karanlık hepimizi yutacaktı. Günlerce kalacaktık orada, sonra bir çift el gelecekti nereden gelecekse, karları eşeleye eşeleye bulup çıkaracaktı bizi. Gözlerimizi açınca da, gülümseyen bir şapka görecektik, belki hasır.

Av

Terminale varır varmaz kapıdan sarkıp yere sümküren otobüs şoförümüzle, yabancı bir çifti kollarından çekerek bara sokmaya çalışan garsonun lağım küreğine dönmüş tırnaklarını görünce, tamam, bitti bu kasaba, bunca çirkinliği görmemek için ya gözlerimi körleştirecek bir güzellik bulmalı, ya da çekip gitmeliyim, demiştim.

Çekip gidemedim tabii, kıyıda köşede can çekişen kitap sergileriyle denizin büyülü sessizliği, otobüs bileti almaya giden ayaklarımı sımsıkı bağladı. Kıyı boyunca gezip üç beş kuruşa portre çizen, yoksul ressamların çalışmalarını izledim bir süre. Mısır satan Çingene çocuklarının arasında gezindim. Kendi içime bakıyormuş gibi baktım Cennet Adası'na doğru uzanan denize. Sonra, kasaba, çirkinliklerinin faturasını ödemek istercesine bir insan tutuşturdu elime. Kız gülümsedi önce, dişlerinin beyazlığından kopan iki bulut yanaklarına yükselince pembeleşti ve gözlerindeki yeşili buğulandırarak kayboldu.

Mısra, bir pansiyona yerleştirdi beni. Pansiyon sahibiyle pamuk didikler gibi pazarlık yaptıktan sonra, "Pes doğrusu," dedi. "Sen söylenen her ücrete evet mi dersin?"

"Aptal bir müşteri bulduğunu sanan pansiyon sahibini gözlemliyordum," dedim ona. "Adama para versem, bu rolü böylesine içten yaptırabilir miyim?"

Gülümsedi Mısra, ya da apartmanların ardında kalan Akdeniz gelip onun yüzünde ışıltıyla dalgalandı.

"Özür dilerim," dedi. "Öykü için ava çıktığını bilemezdim, demek sürekli tetiktesin?"

Yanıt vermedim. İnsanın bazı yanıtları yalnızca kendisine saklaması bir suçmuş gibi, bağışlatıcı öpücükler kondurdum ensesine. Ürperdi. Ürperince de, gülümsedi gözlerimin içine bakarak.

"Peki," dedi. "Anlat bakalım, kim olacak bu adam?"

"Şimdilik," diye kekeledim. "Şimdilik yalnızca bir pansiyon sahibi. Çok uzaklardan gelmiş buralara. Deniz kıyısındaki banklarda yatmış bir süre, simit kadar bayat akşamlardan geçmiş, çay bardağı kadar dar sabahlardan. Dalgaların sesinde at kişnemeleri, tavuk gıdaklamaları aramış geceler boyu. Gitgide, farkına bile varmadan bu kasabaya benzemiş elleri, yüzünü döven rüzgârların sesine dönüşmüş ıslığı, gözlerinin elasına Akdeniz'in mavisi bulaşmış. Sonra, rastlantılar birbiriyle kesişip olanaklar yeni olanakları doğurdukça, buralı olmuş. Alışkanlıklar edinmiş; komşularının davranışlarıyla, caddelerin gürültüsüyle, evinin geometrisiyle, yastığının yumuşaklığıyla beslenen, sınırlanan, genişleyen alışkanlıklar. Bir daha da dönmemiş doğup büyüdüğü yerlere. O yerlerin beynindeki görüntüsünü ayakta tutan ahlatlar kurumuş yıldan yıla, kuşların sesleri kısılmış, bacalar duman üfürmez olmuş ve geriye, git git bitmez yollarla burnu bulutlarda gri dağlar kalmış. Akdeniz'in dalgaları geçmişini kemirdikçe, yalnızlığı artmış adamın. Evlenmiş bir gün. Saksıya koyacak bir avuç toprağı yokken, evlilik bu pansiyonu kazandırmış ona, bir de, küçük göğüslü bir kadınla ela gözlü iki çocuk..."

Mısra gene gülümsedi. Gözbebeklerindeki yeşillik minicik dalgalarla yüzüme doğru hışırdadı.

"Anlat hadi," dedi. "Uydurduğunu biliyorum, ama anlat."

Pansiyonun önüne çıkmıştık. Solumuzdaki masada, gözleri her türlü çılgınlığa yatkın bir kızla yaşlı babası oturuyordu. Şişman pansiyon sahibi çay getirdi masamıza. Titreşen asma yapraklarının altında çayımızı yudumlarken, Mısra ikide bir pansiyon sahibine bakıyor, onda uzaklardan gelmişliğin izlerini arıyordu. Bu arada ben, adamın adını öğrendim Mısra'dan: Selim'miş.

Akşam, yüzünde birkaç günlük sakal taşıyan, derviş yavaşlığındaki bir adamla geldi Selim. Adam, masalarda oturanları uzun uzun süzdü içeri geçerken. Boyu uzundu. Kirpiklerinde yüzlerce soru işareti asılıydı. Daha şimdiden geldiği yerin hasretiyle dolup taşmış bir bavul vardı elinde. İçeriye girip çıktıktan sonra, Selim'le bir köşeye çekildiler. Sırtını duvara dayamıştı adam, bisküvi kıtırdatıp çay yudumluyordu ve elindeki sigaranın dumanı iplik gibi bükülerek Selim'in yüzüne bir şeyler çiziyordu.

Ertesi gün Mısra günlük gazetelerle çıkıp geldiğinde, "Gelişme var mı?" diye sordu hemen.

Öykü defterimi kapattım.

"Çok şey oldu," dedim fısıltıyla. "Bir adam geldi pansiyona. Sesleri, kıpırtıları, kokuları izliyor sürekli. Gece, sabaha kadar uyumadı, odasının ışığı bir yandı bir söndü. Öksürdü durdu saatlerce. Bana kalırsa, ya birini arıyor, ya da birilerinden kaçıyor. İşin tuhafı, Selim'de de bir tedirginlik başladı. Pansiyonun önünü tam üç kez süpürüp yıkadı dün gece, masaları toplayıp toplayıp yeniden sıraladı. Sabah kalktığımda, şu masada oturur buldum onu, uyumamıştı besbelli, kumrular gibi düşünüyordu."

"Neler oluyor sence?" dedi Mısra.

Gözlerimi öykü defterinden kaldırarak uzaklara baktım. Derviş yavaşlığındaki adam vardı kafamda. Ceketinin eteklerini savurta savurta koşuyordu. Kerpiç evler bırakıyordu ardında, kekik kokulu yamaçlardan iniyordu kekik kokusunu duymadan, bağların arasına dalıyordu, kayalıklara tırmanıp kayboluyordu sonra. Hırıldayan soluğu kalıyordu geride. Soluğu.

"O da mı uzaklardan geldi," dedi Mısra.

"Evet," dedim hiç duraksamadan, "o da uzaklardan geldi."

Düşündüm sonra; Mısra'nın soruları her şeyi kolaylaştırıyordu, ışık düşürüyordu öykünün karanlık noktalarına. Az önce, derviş yavaşlığındaki adamın nereden geldiğini bile bilmiyordum, oysa şimdi biliyorum; uzaklardan gelmiş. Birini arıyormuş. Vuracakmış bulursa. Bir tetik düşümü için büyütmüşler onu. Daha minicik bir bebekken, derisi pişsin diye güneşin altına atmışlar çırılçıplak. Ağlayınca, meme diye namlu sokmuşlar ağzına, bu yüzden ana kokusuyla barut kokusu yan yana yeşermiş beyninde. Ayakları toprağa basınca, dedesi düşmüş ardına, saatlerce kovalamış onu. Yetiştiği yerde basmış tokadı ensesine, basmış tokadı. Ağaç tepelerinde, dam başlarında, hendeklerde günlerce bağlı kalmış, sabrın en zor kapılarını açmayı bilsin diye. Eli uçanı vurur, gözü kaçanı görür olunca da, dedesi bâkir bir tabanca sokmuş beline.

Mısra sigarasını söndürdü. Kasabanın sokaklarında yürümeye başladık. Kalabalıktı. İnsanların gözbebeklerinde parıldayan para hırsının arkasından saçı sakalı ağarmış bir ilkellik ikide bir boynunu uzatıp yere tükürüyordu. Bense, dedeyi düşünüyordum şimdi. Ona kösele dudaklar, kehribar gözler, odun bıyıklar ve püskül kaşlar yakıştırarak yaşamını birkaç nokta arasına oturtmaya çalışıyor; bu noktaların da, bulgur torbasından, tütün kesesinden ve tuvalet kapısından başka bir şey olmayacağına inanıyordum.

"Peki adam ne istiyor Selim'den?" dedi Mısra.

"Selim bir anahtar," diye mırıldandım. "Öldürülecek adamın yerini o biliyor, tedirginliği bundan. Bir canı namlu ucuna sürmekten korkuyor besbelli."

"Söyleyecek mi?" diye sordu Mısra.

"Bilmiyorum," dedim.

Pansiyona döndüğümde kimsecikler yoktu. Gene de, gözleri her türlü çılgınlığa yatkın olan kızla yaşlı babasının masadaki boşluklarına baktım bir süre. Derviş yavaşlığındaki adamın boşluğu yoktu duvar dibinde, hiç iz bırakmıyordu arkasında demek ki. Hayalet gibi gelip geçiyordu her yerden. Günlük gazetelerin başına çöktüm. Selim çıkıp geldi içeriden, ayak seslerim kapıdan girip yüreğine kadar dayanmış olmalıydı. Gözlerim gazete manşetlerinde oyalanıp yüzüm bir resimaltını okuyamamanın yalan sıkıntısıyla masaya kapansa da, kulaklarımla Selim'i izliyordum. Kararsız ayak sesleri masaların arasında gezindikten sonra yola doğru yürüdü, döndü, ikinci masaya oturacakmış gibi duraksadı ve sessizce yanımdan geçiyordu ki içeri, başımı ansızın kaldırarak; "Pansiyonda yalnızca ben mi kaldım yoksa?" dedim.

"Hayır," dedi.

Ağzından sarkan sözcüğün son hecesi "yır"la birlikte içeri girdi hemen. Göbeği biraz daha erimişti sanki. Derviş yavaşlığındaki adam gitmemiş demek ki, diye düşündüm. Belki Selim'in düşlerine giriyordu her gece. Düş adamı olunca, uzun boyu upuzun oluyordu, kan ırmakları taşıyordu gözlerinden, burnundan barut dumanları tütüyordu, kerpiç damların üstünden yürüye yürüye köyleri geçiyor, dağdan dağa bir sıçrayışta uçuyor, bu kasabaya gelip pansiyonu buluyor, Selim'in yakasına sarılarak soruyordu: Nerede o adam?

Adam kapıdan girdi. Aynı yavaşlıkla duvar dibindeki masaya oturdu. Selim de geldi yanına. Bol dumanlı bir fısıltıya gömüldüler. Adam, elini cebine götürüyordu sık sık, başını sallıyor, öldüreceği insanı oracığa gömmeyi düşünüyormuş gibi yere bakıyordu öfkeyle. Seslerini işitebilmek için nefesimi tutmuştum.

Sonunda, öldürülecek adamın Hüseyin Demir adında biri olduğunu öğrendim. Birden, bir sır taşımanın ağırlığı çöktü omuzlarıma. Telâşlandım. Önümdeki gazeteleri hızlı hızlı karıştırmaya başladım. Sırrın ağırlığı beni olmadık davranışlara sürüklemeden, yarın erkenden Mısra'yla paylaşmayı düşünerek kalktım yerimden. Cırcırböceklerinin sesleri arasından, bakışlarımı Selim'le derviş yavaşlığındaki adama dokundurmamaya çalışarak odama doğru yürüdüm.

Odam ağzına kadar fısıltı doluydu. İnsanı her yana iten, diken diken fısıltılar. Tavandan heceler damlamıştı yastığımın üzerine. Yatağıma uzanır uzanmaz; "Yarın Hüseyin Demir diye biri kalmayacak yeryüzünde," dedi bir ses. Korkuyla çevreme baktım. Kimsecikler yoktu. Selim'i sol, derviş yavaşlığındaki adamı sağ gözkapağımın içine hapsederek uyumaya çalıştım. Uyku tutmuyordu. Her şeyin bir düş ya da bir öykü olduğunu hatırlayarak rahatlamayı denedim. O kısacık rahatlama ânında Mısra'nın görüntüsünü düşledim hemen. Kendime ve ona roller vererek düşten düşe gezmeye başladım. Birer tutam siyahla tatlandırılmış pembe bir evreni kim bilir kaçıncı kez dolaşıp yorgun düşmüştük ki, odama döndüm yeniden. Baktım, uyumamışım daha. Kulaklarım saatin tiktaklarına asılı kalmış, gözlerim anlaşılmaz resimler çiziyor tavana.

Selim, yanındaki adamla sabahın köründe çıktı pansiyondan. Telâşla fırladım yerimden. Bir yandan kasabanın belleğimdeki sokaklarında bir telefon kulübesi hatırlamaya çalışırken bir yandan da giyiniyor, pantolondan pantolona jeton aktarıyordum ki, Selim soluk soluğa döndü. Asmanın altında karşılaştık. Yüzündeki çizgiler karmaşıktı.

Telefon kulübesine koştum hemen. Önce Mısra'yı arayacaktım. Biliyordum, polise gitmekten söz açınca, deli olma diyecekti bana, öykülerinle yaşamı bu kadar karıştırma birbirine.

Gülecekti sonra, kahkahaları telefon tellerini dalgalandırıp kulübeyi titretecekti.

Gülmedi. Ağlıyordu Mısra.

"Vurdular," dedi.

Ne, kimi, ne zaman, kim gibi sorularla beynini yormadan sessizce bekledim hıçkırıklarının kesilmesini.

"Babamı," dedi titreyen sesiyle. "Babamı vurdular!"

Pansiyona koştum hemen. Sokaklarda başıboş akan lağım sularının üstünden atlarken hiçbir koku duymadım, havanın sıcaklığı uzaklaşmıştı tenimden, kasabanın gürültüsü bir yerlere çekilmişti. Pansiyonun önünde bir polis otomobili duruyordu. Derviş yavaşlığındaki adamı indirdiler yere. Gençleşmişti, ellerinde kelepçe vardı. Selim'le yüz yüze gelince gülümsedi.

Polis, adamın eşyalarını istedi. Selim, yarı açık bir bavul sürükleyip geldi içeriden.

"Sen de geleceksin," dedi polislerden biri Selim'e. "Adın neydi senin?"

Selim yere baktı.

"Hüseyin Demir," dedi.

Dünya Bir Gülnida

Aynanın önünde oturuyor. Kendisiyle barış denemeleri yapacak, biliyorum. Kaşlarını incelterek yanaklarına allık sürecek, yüzüne oturttuğu iğreti anlamla tazelendiğini sanarak ortalıkta köpek leşi gibi tekmelenip duran onurunu kurtarmaya çalışacak. Kabına sığmaz olunca bana koşardı eskiden, şimdi bunu yapmıyor; kırgın. Kırgınlığının nedenini çözemiyorum bir türlü, artık gözleri çok uzaklaştı, okunmuyor. Bir zamanlar aynı yaştaydık. Belki de kırgınlığı, benim şimdi daha genç oluşumdan. Bu kırgınlık, daha doğrusu kırgınlıkmış gibi gözüken bu tuhaflık, acayip işler açıyor başımıza. Evin neresinde karşılaşırsak karşılaşalım, o, beni görmezlikten geliyor sözgelimi. Hatta, gerçekten görünmüyormuşum gibi, çarpıp geçiyor. Hiç değilse öfkelense, diyorum öfkeyle, ağız dolusu küfretse yüzüme, kaş çatıp yumruk sıksa, bas bas bağırsa! Ama, o bunları yapmıyor, belli, sessizliğiyle boğacak beni.

Kapıda durdum. Her zamanki gibi; "Unutma Gülnida," dedim. "Otuz yıldır ikimiz de aynı erkekle evliyiz."

Dönüp bakmaya bile tenezzül etmedi gene. Kapıyı öfkeyle çarpıp salona geçerken, sesimi duymasa da yokluğumu duyacaktır birazdan, dedim kendi kendime. Sonra, pencerenin dibindeki koltuğa gömülüp eski yılları düşünmeye başladım. Bugünlerde, onları düşünmekten, düşünürken de üzülmekten başka hiçbir şey yapamıyorum zaten. Üzüldüğümde de, acayip şekilde telâşlanıyorum tabii. Öyle ki, parmaklarım bile birbirine karışıyor. Ardından da, her şeyi yitiriyorum evin içinde ve tutup her şey diye, kirli mendiller, mürekkebi bitmiş kalemler, kitaplar ve tokat yemiş kız portreleri yaptığım yıllardan kalan irili ufaklı fırçalar buluyorum. Kanlı fırçalar. Bir de, çekmeceler dolusu Gülnida hüznü (hepsi doğurgan), çarşaflar boyu Gülnida kahrı (gizli ve kemirgen), sonra odalar dolusu pişmanlıklar (onlar da, minik isyanları bile kışkırtamayacak kadar ince ve kemiksiz) buluyorum.

Evin içindeki eşyaların birbirleriyle fısıldaşarak beni sessizce boğmaya çalıştığını, bilmiyormuş gibi biliyorum. Evet, sessizce; çünkü sessizliğin sesten daha güçlü ve daha acımasız olduğunu biliyor bu kahrolası eşyalar! Nakışlarını sihirbaz ustalığıyla açıp yuman kilimler, her an gümleyecekmiş gibi gözüken piknik tüpü, kırların uğultusunu içinde tutan ot süpürge ve havayla işbirliğine girip öldürücü bileşimlere varmaya çalışan bakır kaplar, ne kadar gizleseler de, kendi içlerinde düzenli bir elektron trafiği, evin içinde de görme duyumun sınırlarını aşan bir hızla sürekli hareket ediyorlar. Her şeyin hareketi ve hareketsizliği, yalnızca beni boğmak için. Çünkü, bu evdeki yaşamın istenmeyen yanıyım ben. Cihan'dan da, Gülnida'dan da olabildiğince uzağım. Onlar da bana uzaklar. Yatakta yan yana, alt alta, üst üste yatışımızın üstünden yıllar geçti. Yeryüzünü bir çarşaf boyutuna indirgeyerek, orada insan buğusuyla cennetler kurmanın tadı çoktan paslandı damağımda. Artık, Gülnida denen miskinle göz göze bile gelmiyoruz. Duvarlar arasına sıkışıp kalan ömrünü acemi çırpınışlarla tüketiyor, bilek damarlarında tepinen yaşama gücünü onca çatalın, tabağın, kaşığın ve tencerenin ömrüne binlerce kez aktarıyor, gözyaşlarını mendillere sarıp sarıp gizliyor da, gözlerini bir saniyecik olsun çevirmiyor gözlerime. Resmen, fellik fellik kaçıyor benden.

Görebildiğim kadarıyla, eşyalar bizim gibi değil. Onlar, ne kadar sıfatları ve henüz insanlarca farkına varılmamış özellikleri varsa, cömertçe paylaşıyorlar. Paylaşmak belki de bir çeşit beslenmek onlar için. Gerçi, hıçkırıklar, perdeleri titreten öfkeler ve oradan oraya savrulan küfürlerle eşyaları biz de beslemiştik yıllarca. Şimdi sessizliğimizi emiyorlar. Çünkü, öfkeli bir pişmanlık tanrıçası gibi gezinip durmaktan usandım da, bütün seslerimi içime topladım artık ben. Cihan'la Gülnida'nın bozuk plak cızırtısına dönüşen mırıltıları kaldı evin içinde, birbirlerini çocuk gibi özendirmeleri, kör alışkanlıklarının ardından el ele koşmaları, yersiz telâşlardan sonra bunakça rahatlamaları ve tekrarı tekrarlayıp durmaları kaldı.

Gözlerimi kapadım oturduğum yerde. Sokak satıcılarının sesleri geliyordu dışarıdan, otomobil gürültüleri, tren düdükleri, siren sesleri ve uzaklara doğru derinleşip giden ne idiği belirsiz uğultular geliyordu. Sırtım duvar kadar düz, dirseğim masa kadar köşeli, parmaklarım kalem gibi yuvarlak diye düşündüm ben o sırada. Sonra, ben de eşyalardan mı besleniyorum korkusuyla hemen açtım gözlerimi. Korkum, öteki korkularımla birleşip aptal cesaretler geliştiriyordu içimde, bana, bağlılık, dürüstlük, incelik adlarıyla yürürlükte tutulan çeşitli zorunluluklar yüklüyordu. Ev içi kavgalarının tozunu dumanını zoraki gülücükler ardına gizlemek, bedenimi misafir şekeri gibi her gece hazır tutmak, mutfak eşyalarıyla sığlaşan aptal bir limanda yaşadığımı bile bile açık denizlerde işte böyle gezerim havalarında görünmek gibi. Ama, bütün bunlar Gülnida'nın işi artık, onunla aynı erkekle evli olsam da, yıllardan beri ben bu evliliğin dışındayım. Bu nedenle, apartmanın giriş kapısında ya da köşedeki bakkalın bıyıklarının üç adım gerisinde bitmiyor benim dünyam, duvarlarla kuşatılmış değilim ve duvarlar eskisi gibi kamçılamıyor koşma isteğimi. Çünkü, canım istediğinde çekip gidiyorum evden, kendimi sokaklara atıyor, hiç kimseye hesap vermeyeceğimi bilmenin rahatlığıyla yürüyor, sonra da şehrin her yerini köşe bucak geziyorum.

Apartmanların üstünden bir kuş geçti. Gagası sese benzeyen bir kuş. O geçince, ben de sigara yaktım arkasından, dumanı ciğerlerime çekip peş peşe üfledim. Sonra, her şey karmakarışık oldu birden ve ben kendimi yıllar öncesinde buldum. Karşımda Cihan duruyordu. Yıllar önceki Cihan. Eti bugünkü kadar gevşememiş daha, bakışları, duruşu ve sessizliği bugünkü kadar kirlenmemiş. Gene de, ilk tanıştığımızda beni büyüleyen özellikleri, mülkiyet hırsının ayakları altında un ufak olmuş. Her şeyi örselemeye hazır gene. Çünkü, o gücü pompalayan lânet bir cüzdan taşıyor cebinde ve işin kötüsü, bu güç kaynağının bilincinde bile değil. Yüzünden anlıyorum, içindeki tanrı da hazır kavgaya. Onsuz olur mu hiç; edilecek yeminlerin, yüreğime doğru doğrultulacak tehditlerin ve kılıfına uydurulacak itirafların ünlem işareti o. Ya da ortalıkta gözükmeyen vazgeçilmez bir noter!

Sonra, işte Cihan benim karşımda böyle dururken, komşularımız çıkıp geliyor. Etten değil, düpedüz gözbebeğinden ve kulak deliğinden bir duvar örüyorlar çevremize. Apartmanın giriş kapısındayız sanırım. Tokat mı atmıştı bana, atacak mıydı, yoksa çizdiğim tokat yemiş kız portrelerinden birini mi hatırlamıştım kapı camlarında yüzümün yansısını görünce, bilmiyorum. Bildiğim şu ki, ben Cihan'ı bırakıp komşularımızı izliyorum bir süre. Merak denen dürtünün çeşitli maskeler takıp bana bakışını. Sonra, yüzlerine bakıyorum tek tek; bazıları eşeğini yitirmiş Nasreddin Hoca dalgınlığına bürünüyor ben baktıkça, bazıları film setinden gelmiş Yeşilçam figüranları gibi yoruluyor, bazıları da usulca, çocuksu bir saflığın arkasına eğiyor yüzünü.

Hatıralarımdan koptum birden. Gülnida'nın ayak sesleri, yatak odasından mutfağa geçti. Beni arar gibi, uzun süre yankılandılar evin içinde. Ben de, koltuğumu pencerenin dibine iyice yaklaştırdım. Caddeden gelip geçen insanlara bakarken, hiçbir şey bitmiyor, diye mırıldandım. Hele geçmiş, hiç bitmiyor. Herkes geçmişini çoğaltıyor sürekli. Bunun için, akşamları birbirlerine misafirliğe gidiyorlar sözgelimi, birbirlerine, tepsiler, tabaklar ve kadehler dolusu geçmiş sunuyorlar. Bir o kadarını da hatıra defterlerinde, fotoğraf albümlerinde, çekmecelerde ve belleklerde saklıyorlar. Ben, tiksiniyorum geçmişimden. Para, buyruk ve güvence kokan bir insanla birlikte yaşamayı, çorap kokusunu, sevişmesiz geçen geceleri hiç sevmiyorum. Hatırlamak bile istemiyorum geçmişimi, diyorum kimi zaman, sanki hatırlamak fiilinin ipleri parmak uçlarıma bağlıymış gibi. Dünü yok edemeyiz, diyor Gülnida da. Çiçeklerin yaprağındaki, tenimizdeki, sesimizdeki, ağzımızın alıştığı tatlardaki, nasıldı'lardaki, kimdi'lerdeki, öyle miydi'lerdeki dünü...

Kafamdaki geçmişin uğultusundan kurtulabilmek için, sigaraya uzandım yeniden. Aklımca, şimdinin kuyruğuna yapıştım. Çabam boşuna oysa, neyle ses, koku ve ten bağı kurarsam kurayım, şimdiyi yakalayamıyorum artık. Şimdi, çoğu kez kedim görüntüsüne bürünerek çıkıyor karşıma. Bunu fark ettiğimden beri, bir tutam pamuk sessizliğiyle yuvarlanıp duran, sessizliğim onunkini bastırınca kuyruğunu havada sallaya sallaya gelip bacaklarıma yaslanan kedimi "Şimdi" diye çağırıyorum. Adını o da seviyor, itiraf etmiyor ama, kim "Şimdi" dese, yaşamı ve bedeni bir gün geçmişe dönüşse de adının hiçbir zaman şimdinin dışına çıkarılamayacağını seziyormuş gibi keyifle dönüp bakıyor.

Gülnida pek yüz vermiyor Şimdi'ye. Cihan görmesin diye, balkonda yediriyor yemeğini. Süt şişelerini bile götürüp oraya buraya saklıyor. Şimdi'yle en çok ben ilgileniyorum; kucağıma alıp zevkten sarhoş oluncaya dek okşuyorum tüylerini. Mırıltılarını senfoni niyetine dinliyorum derin koltuklarda, kanepelerde ve perde arkalarında. Şimdi, dişi kedilerin kokusuna kapılıp gidince, boşlukta sallanıp kaldığım bile oluyor kimi zaman. Böyle olunca, ben de hemen apartmandaki seslere tutunuyorum. Birbirlerini biçimlendiren, gelip kapımı tırmalayan, uzaklaşan, patlayan, basamakları zıp zıp çıkıp tırabzanları hışırtıyla kayan, ya da bir kapı sesiyle boğularak merdiven boşluğuna yapışkan bir sessizlik kusan seslere...

İşte, tam bu sırada o erkek geliyor eve. Benden başka kimsecikler görmüyor geldiğini, tırmandığını merdiven basamakları içimde başlayıp içimde bitiyor. Gözkapaklarımla birlikte açılıp kapanıyor geçtiği kapılar. Sonra, işte, duruyor karşımda. Önce gözleri buluşur ya insanların, ben ısrarla ellerine bakıyorum. Sanki, fiziksel davranışlarının özeti oradaymış gibi bakıyorum. Kendini uzun uzun anlatmak istiyorum ona. Bir türlü anlatamıyorum tabii. Daha doğrusu, içimi alelacele yokluyorum da, cesaretin kırıntısını bile bulamıyorum. Cesaret yerine, adı olmayan duygularla karşılaşıyorum içimde. Onları da anlatamıyorum sonra. Herkes aynı duyguları taşımaya başlayınca bir gün ad verilecek onlara, diye avutuyorum kendimi, her dilde sözcüklerden evleri olacak.

Caddeden, yüklü bir kamyon geçti. Gürültüsü gelip pencere camlarını zıngırdattı bir süre. Sonra, işte ben neredeyse sigara dumanlarının da sarsıldığını düşünüyordum ki, birden, karşı kaldırımda o erkeği gördüm. Telâşla camı açtım, belime kadar sarktım ve yüzünü bana doğru çevirince dayanamayıp elimi salladım. Sağına soluna bakınarak caddeyi geçip apartman kapısında kayboldu. Birkaç dakika sonra, oturduğum koltuğun dibine gelip çöktüğünde soluk soluğaydı. Birbirimizi görmeyeli yıllar olmuş gibi, bakıştık bir süre. Ben, içimden, bakışmak dokunmaya ne kadar yakın böyle, diye geçirdim o sırada. Sonra, o, ayağa kalkıp hızla soyunmaya başladı. İlk kez cesaret ediyordu buna. Üstünde ne var ne yoksa, tek tek çıkarıp attı içimdeki uçurumlara. Birer tutam siyah bulutlarıyla gökyüzü kadar çıplak kalınca da, uzanıp yattı aklıma. Bir bakıma, bedeni aklımın coğrafyası oldu.

Derken, belleğimdeki hatıralardan –var olan tarihimin ara sayfalarından– ben de tutup bir kıyı kasabası yarattım ona. İnsanların bedenlerini gizledikçe ruhlarını daha çok ortaya döken, bol sarhoşlu, korkulu, karanlık ve dar sokaklardan el ele yürüyüp kumsala indik. Kumsal, rengârenk bir şarkıya benziyordu o saatlerde. İçinde, kalabalık masalar vardı bu şarkının ve garsonların servislerine, dalgaların hışırtıları karışıyordu.

Gidip o masalardan birine oturduk.

Oturunca, bu erkek kim bilir neler taşıyordur geleceğe, dedim ben kendi kendime, bu sessiz duruşu, bu iri gözleri ve sarkık bıyıklarıyla? Sözgelimi, kurallaşmış aptallıklar yüzünden karşılığını bulamamış özlemler –hani, o en alt istek kırıntıları– şimdi nelere dönüşmüştür içinde; günlük yaşamı sırtından vurup duracak huysuz bir hançere mi, sandık dibinde gizlenen kör bir mavzere mi? Ya, alışkanlıklar; bir ömür boyu taşınan, sakız çiğnemek kadar kolay insan öldürmek kadar zor olan o acınası, gülünesi ve sevilesi alışkanlıklar, şu bedende hangi adlarla yolculuk ediyorlardır geleceğe?

Yüzünde, kuşkularımı doğrulayacak ipuçları aradım. Boşuna, dirseklerini masaya dayamış bana bakıyordu. Yaşantısının içinde kıskıvrak yakalayıp daha yakından tanımak için, ilk kez konuştum onunla.

"Bana bir gününü anlatır mısın?" dedim sanki insanı bir günlük yaşam ele verirmiş gibi.

Gülümsedi önce.

Sesini ve anlatacaklarını merakla bekliyordum.

Geniş balkonlu, bahçesi güllerle kalabalık bir evden söz etti sonra. Yatıyormuş o evde. Geceleri böcek sesleri gezinirmiş bahçede. Sabaha kadar derin bir uyku çekermiş insan. Orada uyumak, arınmak gibi bir şeymiş. Sözü neden uykuya getiriyordu ikide bir? Gün ağardı sonra, şükür. Uyandı. Cihan'ın terliklerini geçirdi ayağına. Şaşırdım. Yüzüme de onun gibi bakınca, dilim tutuldu. Onun havlusunu boynuna dolayıp lavaboya gitti. Salona döndüğünde, kalktım kumsaldaki masadan.

"Cihan'sın sen," diye bağırdım. "Cihan'sın!"

"Cihan şimdi gelir," dedi Gülnida'nın sesi. "Ne hazırlamalı?"

Koltuktan kalkıp mutfağa doğru yürüdüm. Gülnida'ya bir kez daha yineleyecektim önerimi. Yeter artık, diyecektim, düşlerim de gerçeklerim de Cihan'la doldu benim! Çözüm bulmalıyız buna, anlıyor musun? Ya öldürmeliyiz birbirimizi, ya da çekip gitmeliyiz bu evden. Mutfaktaki en keskin bıçağa ne dersin Gülnida, o bıçakla kıyasıya sevişmeye ne dersin? Ya pencereden atlamaya? İlaç dolabını da boşaltabiliriz birlikte. Gitmek mi yoksa, çekip gitmek mi Gülnida?

Mutfak kapısında durdu.

Dönüp bakmıyordu bana, yıpranmış bir bulaşık makinesi gibi çırpınışlarını sürdürüyordu tabakların, çatalların, kaşıkların arasında. Bense, kapıları çarpıp merdivenlerden akmak, caddelere dolmak, kırlara taşmak istiyordum.

Ama, Gülnida'sız gidemem bu evden.

Çünkü onun Cihan'a teslim edilmemiş küçücük bir yanıyım ben.

Sabah Karanlığı

Tepedeki beyaz eve kadar tırmanacaktı daha. Sonra, elma ağaçlarının arasındaki yoldan yürüyecek, soğuk hava deposunun, çatısı kapanmamış inşaatın ve bahçesinden iğde dalları taşan sessiz evin önünden geçerek meşeliğe girecekti.

Orada, yaprak hışırtılarının içindeydi varacağı ev.

Hapishaneden çıkalıdan beri düşünüyordu gitmeyi. Neredeyse her akşam, yarın erkenden gideceğim diye kendi kendine söz vererek giriyordu yatağa. Uyuyor, uyuyamıyor, gecenin bir vaktinde kalkıyordu. Kızarmış gözleriyle iri iri bakınarak, kendini engelleyecek nedenler arıyordu ortalıkta. Odadan odaya, tıpkı bir hayalet gibi geziniyordu. Verdiği sözü unutturacak bir iş bulunca da, ömrünün sonuna dek yalnızca o işi yapmak istiyormuşçasına, oyalandıkça oyalanıyordu. Uzaklarda bir yerde sabah ezanı okunuyordu sonra, taş döşeli sokaklardan tek tük ayak sesleri geçiyordu. Bir horoz ötüyordu alacakaranlığın içinde. Her şeyi alıp sesinde topluyordu sanki. Ya da, sesinden bir şeyler dağıtıyordu yeryüzüne. O, gidip pencerenin önünde duruyordu. Bir gün daha kazanmanın sevincini kendinden bile gizleyerek, olmaz, diyordu, güpegündüz gidilmez artık.

Ama, dün akşam, verdiği sözleri hiçbir zaman yerine getiremeyeceğini düşünerek değişik bir yol denemişti.

Yumruklarını sıkıp gözlerini kapatmış, annesinin, babasının ve hapishanede bıraktığı arkadaşlarının yüzlerini düşlemiş, sonra da, bu kez size söz veriyorum, diye homurdanmıştı, yarın gidip öldüreceğim o puştu!

Verdiği sözün gücünü zayıflatacakmış gibi, koşup radyoyu kapatmıştı sonra, perdelerin ucunu tek tek düzeltip kapının kilitli olup olmadığına bir kez daha bakmıştı. İşiteceği bir sesin, gözlerine takılacak bir kıpırtının, ya da yüreğini yoklayıp geçiverecek aptal bir kuşkunun aldığı kararı bozmasından korkarak, salonda hiç kımıldamadan saatlerce oturmuştu. Evin içinde uçuşup duran sinekler, nedense hiç ortalıkta görünmemişti o gece. Bu yüzden, sessizlik vızıltısız büyümüştü. Hatta, her gün pencerenin önünden gelip geçen elma kamyonları bile, sırf bu sessizliği bozmamak için, çok uzaklardan geçmişlerdi.

Beyaz evin önünde durup tırmandığı yola baktı. Yol, tepeden inip sabah karanlığının içinde, çukurmuş izlenimi veren kapkara bir noktada kayboluyordu.

Belindeki tabancayı parmaklarının ucuyla yokladı; duruyordu.

Elma ağaçlarının arasına daldı.

Günlerdir yaptığı gibi, tabancasını bir kez daha temizlemişti dün akşam. Mavi çizgili mendilini madenî yağla ıslatarak, kabzayı, namluyu ve tetiği özene bezene silmişti. Şarjörü avuçlarına boşaltıp tek tek incelemişti mermileri. Renklerini, boylarını, uçlarını ve altlarındaki kırmızı noktaları birbirleriyle karşılaştırırken şarjör yayı aklına takılmış, onu da birkaç kez yağlayıp kontrol etmişti. Bir aksilik olsun istemiyordu çünkü, cinayet, üç yıldır nasıl tasarlıyorsa aynen öyle gerçekleşmeliydi. Anlık bir duraksama, ya da kekeme bir tabanca her şeyi berbat edebilirdi.

Soğuk hava deposunun önünden hızla geçip çatısı kapanmamış inşaata doğru yürüdü.

Bakışları değişmişti.

Geride kalan elma ağaçlarında kuşlar ötüşüyordu. Dönüp bakmak geçti içinden, hafif bir rüzgâr sırtından itince adımlarını yolun akışına bıraktı.

Dün akşam, yatmadan önce beş on bardak çay içmişti. Ardından da, uyanınca kendini bir daha bulamayacakmış gibi, uzun uzun bakmıştı aynadaki yüzüne. Bakışlarının derinliklerinde, cinayet tasarılarıyla dolup taşan binlerce düş izine rastlamıştı bakarken. Sonra da, o düşlerden biriyle yorganın altına girer girmez çişi gelmişti. Tuvalete gitmemişti bile bile. Çalar saati olmadığı için sabah uyanamamaktan korkmuş, sidik kasıklarıma basınç yaparsa erken kalkarım diye düşünmüştü. Uyuyabilmek için yuvarlanıp durmuştu oysa, sidiğini de boş yere beklemişti.

Saat üçte kalkmış, tabancasını beline sokup mutfağa geçmişti. Yanıma bıçak alsam mı, diye duraksamıştı bir an. Bir terslik olur da tabancasız kalırsa, boğuşa boğuşa mı öldürecekti adamı? Hayır, bunu yapabileceğini sanmıyordu. O, etinin diriliğini parmaklarında, nefesinin sıcaklığını yüzünde duya duya bir insanı boğamazdı. Bıçak da sokamazdı kimsenin karnına. Her şey birdenbire olmalıydı; birkaç el silah sesi, biraz duman... Bunların dışında hiçbir şeyi görmek ve işitmek istemiyordu Ne kısacık bir âh sesi, ne şekilden şekle giren bir yüz, ne akları büyüyen bir çift göz, ne de göllenen kan...

En yeni giysilerini giymişti sabaha doğru. Ayakkabılarının tozunu kadifeyle silmişti. Gömlek düğmelerini son kez ilikliyor, ceketini omuzlarına son kez geçiriyor, ya da ayakkabılara ayağını son kez sokuyormuş gibi her hareketin tadını çıkarmıştı uzun uzun. Kapıdan çıkarken durmuş, bedeninin boşluğunu oraya bırakmak istercesine, dakikalarca kıpırdamamıştı. Bir el uzansın istemişti içeriden, bir insan, bir hayvan ya da bitki eli; tutsun istemişti elini, ceketinin eteğinden asılsın, paçalarından yakalasın. Hiçbir şey uzanmamıştı ona doğru. Duvarlar, kapı, onların içindeki masa, sandalye, kilim, sandık, mutfak eşyaları, gıcırtılı yatak, kibrit çöpleri ve kül tablaları kayıtsızca bakmışlardı arkasından. O da, sabah karanlığında, bıçaktan kaçarcasına çıkmıştı evden.

Çatısı kapanmamış inşaatı geride bırakmış, bahçesinden iğde dalları taşan sessiz eve doğru yaklaşıyordu. Dört yıl önce geçmişti bu evin önünden. Bahardı. Bahar olunca, yolunu iğde kokuları kesmişti. Yüzünü çevirdiğinde, uzun saçlı bir kız görmüştü yeşilliklerin içinde. Kızın beli çıplaktı. Bal peteği gibi sarkan dudakları havayı ıslak ıslak ürpertiyordu. Bakakalmıştı tabii. Dahası, o an bir kez daha doğmuş gibi olmuştu. Gördükleri de, beyninin kıvrımları arasına derin derin kazınmıştı sanki.

Bir yıl sonra, gardiyanların ayak seslerini kollayarak, karanlık bir hücrede, çeşitli düşler kurmuştu beynine kazınan o görüntülerle. Soğuk betonun üstüne çömelip üç yıl boyunca yüzlerce kez sarılmıştı o çıplak bele, gözlerini kapatıp avuçlarını tükrükleyerek binlerce kez öpmüştü bal peteklerini.

Evin önünden geçerken biraz utanarak, biraz da özleyerek baktı bahçeye. Sabahın bu saatinde kimsecikler yoktu. Cinayeti işledikten sonra paniğe kapılıp da tabancayı bu evin yakınlarına falan atayım deme, dedi kendi kendine. Bunca yıl düşlerine konuk ettiği kızın başı belâya girsin istemiyordu. Hem, bir sonraki düşünde nasıl bakardı kızcağızın yüzüne?

Meşeliğe girince, serin yaprak hışırtıları sardı ortalığı. Bir ağacın dibine oturup sigara içmek istedi ama, eve doğru birkaç adım daha atınca vazgeçti bu düşünceden. Artık oyalanmanın, duraksamanın hiç yararı yoktu. Yaşam geri dönülmez bir noktaya gelip şu meşeliğe saplanmışken, yeni düşüncelere kapı aralayacak bir davranışta bulunmak, sözgelimi oturup sigara tüttürmek, olacak şey değildi.

Biraz sonra her şey bitecekti zaten. Hapishanede düşlediği gibi, herkesin uykuda olduğu, uyananlarınsa yeniden ayakta durmaya çalıştıkları bir saatte usulca sokulacaktı eve. Bir kulağıyla çevreyi kollarken, ötekini kapıya yapıştırarak onun uyanıp uyanmadığını anlayacaktı önce. Büyük bir olasılıkla, uyanmamış olacaktı. Zile basacaktı hemen. Bu arada, tabancasını belinden çıkarıp eline alacaktı. İçeriden gelen, kapıyı açmadan önce ihtiyatlı davranıp kim o diye soracak olursa, ona en alışılmış ve en belirsiz yanıtı verecekti; benim!

Sonra, anahtar şıkırtısını bekleyecekti sabırsızlıkla. Şıkırtıyı işitir işitmez, daha yüz yüze gelmeden, peş peşe asılacaktı tetiğe; tam altı el...

Duraksadı evi görünce. Perdeleri çekilmiş pencerelerle mavi kapı rahatsız etti onu. Düşlene düşlene eskimişlerdi de, gerçek olmaktan çıkmışlardı sanki.

Yüreğinin atışı hızlanmıştı.

Parmak uçlarına basa basa gidip durdu kapının önünde.

Kulağının tekini tahtalara yapıştırıp içeriyi dinledi; çıt yoktu.

Sonra, tıpkı düşlediği gibi, zile bastı.

Açılıverdi kapı. Şaşırdı. Daha tabancasını bile çıkarmamıştı belinden. Çelik sertliğinde iki kol sarıldı bedenine, koltukaltlarını, belinin çevresini ve ayak bileklerini tek tek yokladı.

"Üzerinde silah yok," dedi arkasında duran jandarma.

İçeriden çıkan, bileklerine kelepçe geçirdi hemen.

Kendisine en yakın yüze dönerek; "Suçum ne benim," diye mırıldandı. "Suçum ne?"

"Bilmezmiş gibi konuşma," dedi arkasındaki ses. "Dün sabah bu evde cinayet işledin."

Sümbüller Sen Kokar

Sabaha kadar secdeye varılması gereken kutsal bir geceymiş. Virgülsüz konuşan arkadaşım, ne yürekli insanlar yarattığını tanrıya göstermek için o gece şarap içmeyi önerdi ama, ben kulak asmadım. İncir çekirdeğini doldurmayacak konuşmalara demir atıp, leblebisi onlar hanesinde tükenen, fıstıkları var eti yok bir masada saatlerce oturmak istemiyordum çünkü. Eve gidip bir an önce yarım kalan öykümü yazacaktım. Zaten, öyküdeki kız, son yazdığım tümcede sümbül koparmak için yere eğilmiş, tembelliğim yüzünden de bir daha doğrulamamıştı. Doğrulamayınca da, evin her yerini sümbül kokusu sarmıştı tabii. Üstelik, bu koku giderek yoğunlaşıyordu. Kim bilir, belki bir süre sonra, komşulardan şikâyetler bile gelecekti.

"Sen bilirsin," dedi arkadaşım. "Git her zamanki gibi harflerin içine gömül bakalım."

Ben de, akşam ezanı okunurken, eve doğru yürüdüm böylece. Sokaklar terk edilmişti sanki, bomboştu. Ayak seslerimdeki telâşı hissedebiliyordum, kanepenin üzerinde beni bekleyen öyküye doğru yürümenin telâşıydı bu. Birbirlerinin içinde yankılanıp duran rengârenk vitrinlerin arasından yürüyüp daracık sokaklara girmiştim. Nal sesleri geziniyordu o sırada sokaklarda, balkonlardan salkım salkım sümbül kokuları sarkıyordu. Bahçe kapısına vardığımda ezan bitmişti. Kucağımdaki paketlere ters ters bakan köşedeki bakkalla selamlaştık. Merdivenlerde, banka müdürünün kızıl dudaklı kızıyla yüz yüze geldik, dudaklarını büzüp gülümsedi, gülücüğünü sihirli bir yelpaze gibi ansızın yok etti sonra, somurttu ve paldır küldür aşağıya indi.

Salona bıraktım kucağımdakileri. Ardından da, sümbül kokuları arasında yüzen kanepeye uzanıp öyküyü yeniden gözden geçirmeye başladım. Beyaz yeleli bir at, uzun uzun kişniyordu ilk tümcede. Susuyordu sonra. Onunla birlikte insanlar, hayvanlar ve bitkiler de susuyordu. Kasaba, sessizliğin içinde küçüle küçüle tıpkı bir insan ağzı kadar kalıyor ve bu ağız, Burhan ölmüş, diye iç çekiyordu.

Burhan'ın eviyle yan yana duran mavi evdeki kız, birdenbire yerinden sıçrıyordu bu haberi duyunca. Sıçrar sıçramaz da, binlerce parçaya bölünüp un ufak dağılıyordu odanın içine. Ellerini, ayaklarını, kilimlerin nakışlarına karışan yeşil bakışlarını ve duygularını toplayıp merdivenlere yürüyordu sonra. Onunla birlikte anası, anasıyla birlikte kadınlar, onların ardından çocuklar, hepsinin ardından da büyük ve tozlu bir uğultu, sağa sola kaçışan tavukların üstünden, sarkık dilli köpeklerin önünden, ya da gübre kokulu sokaklardan geçerek Burhan'ın avlusuna doluşuyordu.

At, üstüne beyaz çarşaf örtülen ölünün çevresinde geziniyor, ikide bir toprağı eşeleyip kişniyor, yelesini savurta savurta avlunun o ucundan bu ucuna koşuyor, sonra da sağrısından akan ter damlacıklarıyla birlikte durup bir an için taş kesiliyordu. Geçmişin, şimdinin ve geleceğin ötesinden sesler işitiyordu da, işittiklerini kişnemelere dönüştürüp kalabalığa doğru var gücüyle haykırıyordu sanki.

Atı yakalayıp götürüyorlardı sonra. Avludaki insanların bir bölümü, gözlerinden yiten atı kafalarında canlandırarak konuşmaya başlıyor, onun her tepinişine, her kişneyişine, ya da kulaklarını her dikişine birer anlam yakıştırarak ve bunu yaparken de birbirlerince onaylanabilen minik yalanlar üreterek, kasaba yaşamında birkaç yıl sürebilecek yeni bir söylence yaratmaya çalışıyorlardı.

Kız, avlu duvarının dibindeydi. Ağlamak istiyordu; su kadar, gökyüzü kadar çok istiyordu ağlamayı. Ağlayamıyordu ama, ağlayamazdı, ağlarsa, gözyaşları sevgisini ele verebilirdi. Oysa o, Burhan'a bile seni seviyorum dememişti daha. Artık diyemezdi de. Bundan böyle, ne Burhan'ın çocuğunu dizlerine oturtup ağzına kaşık tutmayı, ne de üç yıldır kadınsız olan şu evin kadını olmayı düşleyebilirdi. Sesini işitecek kulaklar, ellerini ısıtacak eller, dudaklarını öpecek dudaklar yoktu artık, belki bir, belki iki saat sonra toprağa, karıncaların, solucanların ve kurtçukların yanına gömüleceklerdi. Şimdiye dek geleneklerin, geleneğe dönüşmemiş alışkanlıkların, anasının yaşama bakış biçiminin ve kendi korkularının duvarını aşamayan sevgisini, gene gizleyecekti herkesten.

Ölü evinin önündeki kalabalık dalgalanıyordu bu sırada. İmam, sakalını göğsünde hoplata hoplata geliyor, baklava tepsisine bakar gibi çarşafı kaldırıp bakıyordu.

"Rahmetlinin," diyordu, "altın dişleri de mi vardı?"

"Vardı," diyordu birkaç kişi.

"Sökülecek," diyordu imam.

Sökülecek sözü ağızdan ağza aktarılarak, aktarıldıkça da büyülü bir fetva gibi ağırlaşıp değişerek kalabalığı dolaşıyor, duvar dibindeki kızın kulağına kadar geliyordu.

"Yaa... Çatır çatır kırılacakmış çenesi!"

Kız, imama çeviriyordu bakışlarını. İmam, yeşil bakışların nemiyle ıslanıyor, titreşen kirpiklerin arasında gitgide ölülerle beslenen ak sakallı bir deve dönüşüyor, sonra da elini bu dünya ile öteki dünya arasında sallayarak; "Günah!" diyordu. "Kul yapısı bir dişle tanrı katına çıkmak külliyen günah!"

Avlunun bir köşesinde kaynayan kazanlardan kovalarla sıcak su taşınıyordu sonra. Paslı bir kerpetenle küçük bir çekiç veriliyordu imamın ellerine. Ölünün üstündeki çarşaf göğsünün hizasına dek açılıyor, sıcaklığını yitiren dudaklar aralanıp altın dişlere bakılıyordu. Kadınlardan bazıları, olacakları görmemek için, yüzlerini elleriyle kapatıyorlardı o sırada. Kaş göz işaretiyle kovulan çocuklar, gözlerini iri iri açıp avlunun dışına çıkıyor, ikide bir arkalarına dönüp bakarak uzaklaşıyorlardı.

Kız, kıpırdanıyordu yerinde. Dirisine sarılamadığı Burhan'ın ölüsüne olsun bir kez sarılmak, bıyıklarını okşamak, yüzünü yüzüne sürmek ve onu binlerce yıl doyasıya koklamak geçiyordu içinden. Sonra, kalabalık uğulduyordu birden, omuzlar birbirine çarpıyor, çenelere dayanan eller düşüyor, çömelenler kalkıyor, ağlayanlar susuyor ve bütün gözler savrulup giden ipek sarısı saçlara çevriliyordu.

İmam, sakalını da kucağına alarak geriliyor, o geriledikçe de kız üstüne üstüne yürüyerek bağırıyordu.

"Söktürmem," diyordu. "Söktürmem Burhanımın dişlerini!"

Öykünün burasında, ter içinde uyanıyordu kız. Duraksayan, şaşıran ve sevinen gözlerle bakıyordu sesinin yankısıyla titreşen duvarlara. Gördüğü düşün heyecanıyla kuş yavrusu gibi çırpınan yüreğini pencerenin önüne atıyordu hemen. İnsanlarla dolu bir avluda ak çarşaflı ölü görmekten korkarak, usulca aralıyordu perdeyi.

Burhan atını hazırlıyordu avluda. Sırtında mavi gömleği vardı gene, kestane renkli bıyıklarıyla parıldayıp duran altın dişleri, sigara dumanlarının ardında bir görünüp bir kayboluyordu. Kız gülümsüyordu pencerede. Sonra, kıpkırmızı kesilen yanaklarını elleriyle örtüp anasına duyurmadan sessizce iniyordu merdivenleri. Kapıda durup, ucu güneşli minareye, tellerden havalanan serçe sürüsüne ve bahçenin bir köşesinde uyuz uyuz yatan köpeğe bakıyordu. Domates, biber fidelerinin arasından geçip bahçe duvarının dibinde duruyordu sonra. Altdudağını dişleyip düşünüyordu bir süre. Gözleri yerdeki sümbüllere takılıyordu o sırada, eğiliyordu koparmak için.

Öyküyü buraya kadar yazmıştım. Evin içini bayıltan sümbül kokusu da bu yüzdendi zaten. Son tümceye, bundan sonra yazacağım tümcelerin hepsini onun karnından çıkaracakmışım gibi bakarken, sümbül kokusunun şarap kokusuna dönüştüğünü fark ettim birden.

Sonra kalkıp dakikalarca gezindim evin içinde, raflardaki kitapları karıştırdım, mutfağa gidip geldim, duvara raptiyelerle tutturduğum karakalem resim çalışmalarıma baktım. Ardından, şarap kokusunun bilinçaltımdan sızdığını düşündüm. Bilinçaltımdaki Kavaklıdere-Yakut şişesini de, virgülsüz konuşan arkadaşım devirmişti hiç kuşkusuz.

Beyaz yeleli atı, Burhan'ı ve kızı bırakıp odama koştum. Çok geçmeden bir kadeh şarapla döndüm geriye, kanepeye oturup bacak bacak üstüne attım. Hiç olmazsa öyküyü bitirince içseydim şu şarabı, dedim kendi kendime. O zaman hem gerekçesi olurdu, hem de bir kutlamaya dönüşeceği için tadını günlerce damağımda gezdirebilirdim.

Gerçi, öykünün sonunu biliyordum, yıllardır aklımdaydı. Sümbül koparmak için yere eğilen kız elinde bir dal sümbülle avlu duvarına abanacak, sevdiği erkeğe uzun uzun bakacaktı. Önce gizli, sonra ürkek, ardından da hınzır bir gülücükle gerilecekti dudakları. Burhan, mavi gömleğiyle gidip gelecek, atının burnunu okşayacak, saman torbasını arabaya atacak, avluda minik adımlarla gezinen oğlunu kucaklayacak, sonra da bir süre onunla şakalaşıp gülüşecekti.

Elindeki sümbülü kokladıktan sonra, erkeğe nişan alıp hızla savuracaktı kız. Dal, ona değmeden uçup atın üç adım önüne düşecekti.

"Dön," diye fısıldayacaktı kız. "Dön de sevgimi diyeyim sana, dön de cesaret alayım yüzünden."

Dönmeyecekti Burhan. Yerdeki sümbülü bile görmeyecekti. Yalnızca at görecekti onu, görünce de kulaklarını oynata oynata koklayacak, uzanıp alacak, sarı dişlerinin arasında bir süre geveleyecek, sonra da çıkarıp atacaktı yere.

Kadehimi bıraktım sehpanın üstüne. Öyküyü yazı makinesiyle baştan sona yazmayı düşünerek, odama taşıdım karalanmış, çizilmiş kâğıtları. Öykü yazma isteğimi kanepelerin altına, dolapların içine, öteki odalara ve eski dergilerle doldurulmuş karton kutuların arasına saçıp savurduktan sonra, hiç düşünmediğim bir yerde, yatağımda buldum yazı makinesini. Onu buraya bir şeyi hatırlamak için koymuş olmalıydım. Sık sık yapardım çünkü, unutmamam gereken şeyi, yana yatırdığım bir koltuk, ters astığım bir resim, ya da kapı koluna bıraktığım bir kitapla hatırlatırdım kendime.

Yazı makinesini alıp masaya koydum. Kapağını açarken hatırladım birden; bugün, annemle babamın yirmi yedinci evlilik yıl dönümleriydi.

Telâşla giyindim. Önce çiçekçi bulmalıydım. Her yıl kardeşimin de yaptığı gibi, bir demet sümbül götürmeliydim onlara. İkisi de severdi. Annem gözlerini kapatarak bir sümbülü bir beni koklar, babam da altın dişlerini ışıldatarak kah kah gülerdi.

Herkes Gibi Safa Bey

ve, Şükrü Erbaş için

Nüfus memurlarından Safa Bey, maaşını aldığı gün sıkıntıdan patlayacaktı. Sıkıntı yalnızca yüzündeymiş de, suyla yıkayınca geçecekmiş gibi gitti yüzünü yıkadı. Aynada kendisiyle yüz yüze geldi bir an. Alnındaki kimliksiz sıkıntıda, ağzındaki titrek endişede gezindi gözleri. Sonra, ışıyan, çiçeklenen eski yüzünü görebilmek için geçmişe doğru sürdü belleğini. Şu andaki kadar sıkıntılı birçok Safa Bey'le karşılaştı geçmişin koridorlarında. Hepsi de, ya ellerinde birer sigara, ya da gözlerinde koyu bir sessizlikle öylece bakıyorlardı aynanın içinden.

Oturdu masasına. Gözlerine çok kanatlı bir hüzün gelip yuvalanmıştı. Elini eteğini çekti işinden. Masasının çekmecelerini kapattı. Sesini ve bakışlarını nüfus dairesinin daracık odasından toplayıp kendi içine aldı.

Yaşı otuz beşi aşmasına rağmen, hiç blucin giymediğini düşündü Safa Bey. Oysa giymeliydi herkes gibi. Herkes gibi maaşını aldığında ayda bir kez olsun felekten bir gece çalmalı, her gün şehir kulübünde birkaç saat oyun oynamalı, üç beş kuruş kaybetmeli ya da kazanmalıydı. Sonra, çaydan başka niye bir şey içmiyordu? Sözgelimi, içki? İçkiyle o kadar az merhabası vardı ki, bunu düşünürken şaşırdı Safa Bey. Bütün yaşamı boyunca ya bir kez içmişti, ya iki. Onlar da yüzyıllar önceydi, çünkü şu anda belleğini limon gibi sıksan bir tutam içki kokusu bile çıkmazdı.

Masadan kalktı. Sıkıntısının nedenini bulmuştu. Böyle şişip şişip patlayacak noktaya gelmesi herkes gibi olmayışından kaynaklanıyordu. Herkes gibi olabilmek için de, ansızın, içmeye karar verdi Safa Bey. Kiminle içeceğini düşünmeye başladı. Odada bulunanlara baktı önce. Sonra, nüfus dairesinde kadınlar dışında kaç memur varsa gözünün önüne getirdi. Hepsinin eline kadeh tutuşturup baktı bir bir. Ama, hiçbiriyle içmeyi göze alamadı. Bu, onları içki masasına yakıştıramayışından değil, korkusundandı. Çünkü, içki içilen bütün cam kapları önüne koysalar, hangisiyle neyin içileceğini bilmiyordu Safa Bey. Süt takımıyla likör takımı arasında da herhâlde bir fark olmalıydı. Sonra, mezeler? Önce sıcaklar mı alınır, soğuklar mı? Hangi meze hangi içkinin yoldaşıdır? Kadehin bile bir tutuluş biçimi vardı mutlaka. Dahası, içki içmek, cam kaplarla mideye alkol taşımacılığı değildi herhâlde. Her yudumu bir kahkahaya, bir söyleşiye pınar edebilmeliydi insan. Safa Bey, ömründe kaç kez içmişti ki, bütün bunları en rahat hareketlerle, daktiloda istatistik cetveli yazarcasına yapabilsindi?

Çalışma saati bitene kadar düşündü Safa Bey. Sonunda kesin kararını verdi; tek başına içecekti.

İçkili lokantanın kapısından girer girmez şaşırdı. Gözlerini yere mi, karşıya mı, masalara mı, yoksa tavandan sarkan renk renk avizelere mi yönelteceğini bir türlü bilemedi.

Ansızın büyüyüveren ellerini de koyacak yer bulamadı. Yürüdü masaların arasından. Ama, o yürüdükçe salon derinleşiyor, çiçekli kâğıtlarla kaplı duvarlar iki yana açılıp genişliyordu. Durdu. Oturanlar dönüp dönüp kendisine bakıyorlardı sanki. Gereğinden fazla alçalttığı sesiyle, garsonun cebindeki bütün bahşişleri geri istiyormuş gibi ta köşedeki masayı göstererek; "Şuraya oturabilir miyim?" diye sordu.

Lokantanın içini dolduran ağlamaklı şarkıyı ancak oturduğunda duyabildi. Kalın bir sigara dumanıyla köpüren gürültü, duvardan duvara yalpalıyor, şarkı anason kokulu âhlarla oflarla yeniden, yeniden dinleniyordu. Şarkı üst üste o kadar çok çalındı ki, bir süre sonra Safa Bey tek sözcüğünü bile anlayamaz oldu.

Kendi yaşamının da, sürekli çalınan bir şarkı olduğunu düşündü birden. Her sabah saat tam yedide uyanırdı. Yirmi geçe çayı hazırdır. Sekizde iş var. Ama, sekize beş kala, evet, tam beş kala dairedeki masasına varıp oturmuştur Safa Bey. Çalışmaya başlamış, gözleri ve elleri kâğıtların içinde çoktan kaybolmuştur. Sonra, öğle paydosu. Gariptir, öğle tatilleri ona yıllardır hep çalışma saatiymiş gibi gelir. Bir koşu evindedir, bir koşu dairede. Çoğu zaman daireye döndüğünde kapılar henüz açılmamış olur. Nöbetçi gibi gezinir oralarda. Kapının sağına yirmi adım, soluna yirmi adım. Akşam paydosları ise, yat borusunun ta kendisidir. "İyi akşamlar" mırıldana mırıldana çıkar işten. Çıkar çıkmaz, robot gibi, sabah geldiği öğleyin gittiği aynı yolu bir kez daha yürüyerek hemen evine koşar.

Bir kez daha yürümesini, şarkının bir kez daha çalınmasıyla eş tuttu Safa Bey. Rakısını bir dikişte içti. İçini çekti derin derin. Bakışları masasındaki yapma çiçeklerde gezindi bir süre. Eviyle işi arasında uzanan yol vardı kafasında. Aynı evlerle kuşatılmış, aynı insanların gelip geçtiği, aynı seslerin dolup taştığı, tatsız bir yol... Kim bilir belki de, aynı yolu yürümekten ayakları, aynı renkleri görmekten gözleri, aynı sesleri duymaktan kulakları ne kadar tez körelmişti on üç yıldır? Aynı, aynı, aynı... Bu aynılar o kadar çoktu ki yaşamında, o kadar çoktu ki...

Rakı koydu Safa Bey. İçini çalkalayan anason kokusu, gözlerinden taşmaya başlamıştı. Masalardan yükselen kahkahalar ilk diriliklerini yitirmiş, pelteleşmişti. Kahkahaların arasından çıkıp gelen garson, yüzünde yıpranmış bir gülücükle yaklaştı; "Başka arzunuz var mı efendim?"

"Yok," dedi Safa Bey..

O sırada ağlamaklı şarkı yeniden çalınmaya başladı. Safa Bey sarı bıyıklarını didikleye didikleye kendi içinde geziniyor, belleğinde bir şeyler arıyordu. Şu şarkıya baskın çıkacak minicik bir ezgi, bir şarkı kırıntısı, bir türkü yarımı... Ama, bulamıyordu. Sevdiği, gönlüne yakın tuttuğu iki dizelik bir şarkı yoktu içinde.

Öfkeyle rakı bardağına sarıldı. Bardağı masaya bıraktığında, avizelerin ışığı biraz daha kısılmış, yapma çiçekler biraz daha solmuştu. Masaya tutunarak kalktı. Hesabı ödedi. Garson koluna girdi hemen.

"Taksiye kadar götüreyim sizi," dedi.

Güldü Safa Bey. Gülüşü daracık ve ışıksızdı. Herkes gibi inişli yokuşlu gülemediğine, gülünce ortalığa şıkır şıkır bir şeyler dökemediğine içerledi. Garsonun gözlerinin içine girip oturacakmış gibi bakarak; "Yok," dedi. "Kendim giderim ben, herkes gibi!"

Adımlarını masaların arasına yayarak yürüdü.

Az sonra bir taksinin arka koltuğunda oturuyordu.

"Beni heykelin olduğu alanda indir!" dedi.

Sokaklar, evlerin çatıları ve ağaçların uç dalları karakalem bir resim çalışması gibi aktı kirpiklerinin arasından. Durduklarında, arka koltuktan zor topladı kendini.

"Eve kadar götüreyim," dedi şoför.

"Yok," dedi Safa Bey. "Dolaşacağım biraz. Girmediğim, görmediğim sokakları tek tek gezeceğim bu gece. Hem, evime aynı yoldan gitmek istemiyorum."

İndi. Dünyayı ilk kez görüyormuş gibi baktı sağına soluna. Şehir ışıklı bir beşik gibi sallanıyordu. Gökteki yıldızlar ha döküldü, ha dökülecek.

Evine giden Demirci Efe Sokağı'na karşı büyüyen bir nefret vardı içinde. Bu gece, ne olursa olsun o sokağa girmeyecek, şehrin bütün sokaklarını bir bir adımlayacaktı. Yürüdü. Ayaklarını özgür bırakmıştı. On dakika sonra, sağa kıvrılan ilk sokağa girdi.

"Oh be!.." dedi yanında yürüyen birisi varmış gibi. "Değişik sokakta yürümenin bile tadı başkaymış."

Sokağa girerken "Demirci Efe Sokağı" yazan tabelayı görmemişti; görse de, gördüğünü okuyamayacak kadar mutluydu.

"Yaşadıkları kadar düşünüyorlardı artık ve tanrı hızla mevsim resimleri çiziyordu dışarıda; insanları her tabloda kullanıyor, yüzleri ancak kendisinin okuyabileceği çizgilerle dolduruyordu."

"Ak Saçlı Çılgındılar", *Yoklar Fısıltısı*

"Tıpkı Binbir Gece Masalları *gibi bitmeyen bir anlatıdır* Uykuların Doğusu. *Sonsuza kadar başa dönmeye mahkûmsunuzdur."*
ETHEM BARAN

"Denemeleri, Toptaş'ın bizim onu okurken aklımızdan 'akrabası' diye geçirdiğimiz yazarların (Borges, Kafka, Márquez, Fuentes, Calvino, Kundera vb.) iyi bir okuru olduğunu gösteriyor. Sonsuzca geniş bir ufukta hareket ediyor Toptaş'ın denemeleri."

NECMİYE ALPAY